回到
分 歧 的
路
口

01
露西·巴顿
四部曲

MY
NAME
IS
LUCY
BARTON

我 叫 露 西 · 巴 顿

Elizabeth Strout
[美] 伊丽莎白·斯特劳特 ——— 著   张芸 ——— 译

中信出版集团 | 北京

图书在版编目（CIP）数据

我叫露西·巴顿 /（美）伊丽莎白·斯特劳特著；
张芸译. -- 北京：中信出版社，2024.6
书名原文：My Name Is Lucy Barton
ISBN 978-7-5217-6504-5

I. ①我… II. ①伊… ②张… III. ①长篇小说－美
国－现代 IV. ① I712.45

中国国家版本馆 CIP 数据核字 (2024) 第 096663 号

Copyright © 2016 by Elizabeth Strout
This edition published by arrangement with Random House,
an imprint and division of Penguin Random House LLC
Simplified Chinese translation copyright © 2024 by CITIC Press Corporation
ALL RIGHTS RESERVED
本书仅限中国大陆地区发行销售

我叫露西·巴顿
著者：　[美] 伊丽莎白·斯特劳特
译者：　张芸
出版发行：中信出版集团股份有限公司
　　　　（北京市朝阳区东三环北路 27 号嘉铭中心　邮编 100020）
承印者：　北京联兴盛业印刷股份有限公司

开本：787mm×1092mm 1/32　印张：5.75　字数：90 千字
版次：2024 年 6 月第 1 版　印次：2024 年 6 月第 1 次印刷
京权图字：01-2024-2296　书号：ISBN 978-7-5217-6504-5
定价：39.80 元

版权所有·侵权必究
如有印刷、装订问题，本公司负责调换。
服务热线：400-600-8099
投稿邮箱：author@citicpub.com

献给我的朋友

凯西·张伯伦

*

　　有一回，那是许多年前，我不得不在医院住了将近九个星期。当时是在纽约，夜里，从我的病床上，可以直接望见克莱斯勒大厦，亮着灯，闪着几何图形的光彩。白天，那幢大厦的美逐渐褪去，变成了又一座映在蔚蓝天幕下的宏伟建筑，城市里所有的大楼都显得孤高、沉默、距离遥远。那是五月，然后是六月，我记得我会站着，从窗口眺望底下的人行道，注视那些与我同龄的年轻姑娘，身着春装，在午休时间外出；我能看见她们交谈时转动的脑袋，她们的上衣在微风中翻飞。我寻思，等我出院后，走过这段人行道时，我永远都会为自己可以是人群中的一员而感恩。许多年来，我亦的确如此——我会记起从医院窗口看到的这一幕，为自己正走在这段人行道上而欣慰。

　　起初，事情很简单：我入院切除阑尾。两天后，他们给我吃固体食物，可我吐了出来。继而又发起烧。没有人能从我体内分离出任何细菌，或查明哪里出了问题。始终没有。我通过一条静脉注射管摄取流质食物，通过另一条管子摄入抗生素。两条管子搭在一根金属杆上，下面有左右转向的轮子，可以随身推着走，可我动辄就乏了。时至七月初，我身上不知名的疑难杂症消失了。可在那之前，我的状况很是离奇——一种实实在在的灼烧的等待，令我痛苦不堪。家里有我的丈夫和两个年幼的女儿；我日夜思念我的孩子，对她们牵挂万分，甚至恐怕因此加重了病情。彼时我的医生，我对他怀有深厚的依恋——他是个下颌宽厚的犹太人，肩头承载着那般柔和的哀伤。我听见他告诉一位护士，他的祖父母和三位姨妈死于集中营，他有妻室和四个已成年的子女，就住在纽约市。在我看来，这位体贴的男士同情我的境遇，允许我的女儿——一个五岁，一个六岁——在没生病的情况下来探望我。她们由一位我们全家人都认识的朋友领进病房，我看见她们的小脸蛋脏兮兮的，头发也是，于是我推着输液装置，陪她们走进淋浴间，可她们叫嚷起来："妈咪，你好瘦啊！"她们真的被吓到了。她们和我一同坐在病床上，我用毛巾擦干她们的头发，然后她们开始画画，却心神不宁，因为她们没有每隔一分钟就停笔一次，说："妈咪，妈咪，你喜欢这个吗？妈咪，瞧我画的仙女的裙子！"她们几乎不讲话，小的那个似乎尤其无法开口，当我伸出手臂搂着她时，我看见她的下嘴唇向外噘着，下巴颤抖；她是个小不点儿，如此努力地想要表现得勇敢。她们离开时，我没有站在窗边目送她们和我这位没有子女的朋友走远。

自然，我的丈夫忙于料理家事，亦忙于工作，他不常有机会来探望我。我们认识时他就告诉过我，他讨厌医院——在他十四岁时，他的父亲在一家医院过世——如今我看出他这话是真的了。最开始安排我住的病房里，还有一位处于弥留之际的老妪；她不断大声呼叫求助——令我触目惊心的是，那些护士根本不当回事，任她一边叫嚷一边垂垂死去。我的丈夫受不了——我的意思是，他受不了去那间病房探视我——于是他把我换到一间单人病房。我们的医疗保险不负担这奢侈的支出，因而每一天皆是在消耗我们的存款。无须听见那位不幸妇人的喊叫令我心存感激，但假如被人知晓我有多寂寞的话，或许我会觉得难为情。每当护士前来给我测量体温，我都想努力留住她几分钟，但护士很忙，不能只是无所事事地聊天。

大概在我入院三周后的一天下午，大约四五点钟，我收回望向窗外的视线，发现母亲正坐在床尾的一张椅子上。"妈?"我说。

"嗨，露西，"她的声音听起来羞怯却急促。她俯身向前，隔着被单捏捏我的脚。"嗨，露露。"她说。我已数年未见过我的母亲，我一直盯着她；我捉摸不透她为何看上去如此不同。

"妈，你怎么到这儿来的?"我问。

"哦，我坐飞机来的。"她摆摆手，我知道我们一时都百感交集。因此我也朝她挥了挥手，然后躺平身子。"我相信你的病会好的，"她加了一句，用同样羞怯却急促的声音，"我没有做到任何梦。"

她的出现，用我的小名唤我——那是我许久没有听过的——使我感到温暖，如融化了一般，仿佛我以前所有的紧张情绪都是硬邦邦的，现在不是了。通常，我会在午夜时分醒来，然后断断续续地睡着，或彻底醒着，盯着窗外城市的灯火；可那一晚，我一觉睡到天明。早晨，母亲还坐在前一天那个位置上。"没关系，"在我询问时她说，"你知道，我睡得不多。"

护士提议搬一张折叠床给她，可她摇头。每当有护士提出搬一张折叠床给她时，她总摇头。过了一阵子，护士不再问起。我的母亲陪我住了五晚，她自始至终只睡在她坐的椅子里。

在我们完整共处的第一天，母亲和我隔一阵子说一会儿话；我觉得我们俩都有点不知所措。她问了我几个问题，有关我女儿的，我回答时脸变得滚烫。"她们棒极了，"我说，"噢，她们真的很棒。"至于我丈夫，她什么也没问，尽管——他在电话里告诉我的——是他致电给她，请她过来陪我。他出钱买了机票，他曾提出去机场接她——我的母亲以前从未坐过飞机。虽然她说她会打出租车，虽然她拒绝与他面对面相见，但我丈夫还是教了她该怎么走，并给了她钱，让她来到我这儿。此刻，我的母亲坐在我床尾的椅子上，亦没有提起父亲一句，因此我也绝口不提。我一直企盼她讲出"你的父亲希望你能好起来"，可是她没有。

"叫出租车时害怕吗，妈？"

她迟疑了一下，我相信我看到了那份她走下飞机之际想必袭上了心头的恐惧。但她说:"我有嘴,我可以开口问。"

过了片刻,我说:"你来,我真高兴。"

她的脸上闪过一丝微笑,眼睛望向窗户。

那是二十世纪八十年代中期,手机尚未出现,当我床边米色的电话机响起铃声,我丈夫来电时——从我可怜兮兮地说"嗨"、仿佛快落泪的语气里,我确信母亲听得出来——她会悄悄站起身,离开病房。我猜那段时间内,她在餐厅找了些吃的,或是用走廊尽头的公用电话打给我父亲,因为我就没见过她进食,因为我的父亲谅必惦念她的安全——就我了解,他们之间没有矛盾。等我和每个孩子通完话,对着话筒亲吻了数十遍,接着靠回枕头、合拢眼睛后,母亲会重新溜回病房,当我睁开眼时,她就在房里。

头一天,我们谈起我的哥哥,他是三个子女里最年长的,未婚,在家里和父母一起住,尽管他已经三十六岁了;还谈起我的姐姐,她三十四岁,住在离我父母十英里[1]远的地方,有丈夫和五个孩子。我打

---

[1] 1英里≈1.609千米。(本书注释若无特殊说明,均为编者注。)

听哥哥是否有工作。"他没有工作，"母亲说，"晚上他随便找一头第二天要宰杀的牲畜，和它过夜。"我问她在说什么，她重复了一遍，然后补充道："他去佩德森家的牲口棚里，睡在那些将要送往屠宰场的猪旁边。"这话令我吃惊，我如实而言，母亲耸了耸肩。

随后，母亲和我聊起那些护士。她当即给她们起了外号："甜心饼干"，给那个皮包骨头、手脚麻利的护士；"牙疼"，给那个愁眉苦脸、年龄稍长的；"严肃的小孩"，给我俩都喜欢的那个印度姑娘。

可我累了，于是母亲开始为我讲述她早年认识的人的故事。她的语气是我不曾记得的，仿佛一股压抑的情感、言语和看法在她心中郁积了多年，她的声音带着喘息，不由自主。有时，我打了瞌睡，醒来时，我会求她重拾话头。可她说："哦，小露露，你需要休息。"

"我在休息呢！求你啦，妈。讲点东西给我听。讲什么都行。给我讲讲凯西·奈斯利吧。我一直很喜欢她的名字。"

"对咯。凯西·奈斯利。哎呀，她的下场不好。"

*

我们全家都是怪胎，在伊利诺伊州阿姆加什这座丁点大的村镇，虽然这里也有别的破败、久未粉刷、缺少百叶窗或花园的人家，没什么能让人目光流连的美景。这些房子集中在一片被称作"镇上"的区域，可我家的房子不在那附近。据说小孩子不会觉得周围的环境有异，然而薇姬和我明白，我们不一样。别的小孩在操场上对我们说："你们一家人臭烘烘的。"然后他们会用手指捏着鼻子跑开；我的姐姐上二年级时，老师对她说——当着全班的面——穷不是耳后有污垢的理由，没有人穷得连一块肥皂也买不起。我的父亲在农机厂工作，但他常常因为和老板起争执而遭解雇，之后又被重新雇用，我想是由于他活儿干得好，老板又需要他了。我的母亲在家替人做缝纫：一块手工画的牌子，立在我们长长的车道和马路相交处，写着"裁缝改衣"。虽然我的父亲，在晚上带着我们念祷文时，要求我们感谢上帝赐予我们充足的食物，但事实是，我老是饥肠辘辘，在许多日子里，我们吃涂了糖蜜的面包当晚餐。撒谎和浪费食物素来是要受惩罚的。此外，偶尔，在毫无预警的情况下，我的父母——通常是我的母亲，但我的父亲也在场——会冲动而起劲地揍我们。依我看，从我们挂彩的皮肤和抑郁的性格中，有些人也许已察觉出端倪。

再有就是与世隔绝。

我们住在索克谷地区，在那里，即使你走很久，也只能看见一两栋被原野包围的房子，如我先前所言，我家附近没有别的房子。陪伴我们的是一望无垠的玉米地和大豆田；而在地平线的另一端则是佩德森家的养猪场。玉米地中央矗立着一棵树，光秃秃的，引人注目。许多年来，我把那棵树视作我的朋友；它确实是我的朋友。我们家位于一条很长的土路尽头，离岩河不远，近旁有一些树，是玉米地的防风林。所以我们附近什么邻居都没有。我们没有电视，家里也没有报纸或书刊。婚后第一年，母亲在当地图书馆工作，显然她爱书——这是哥哥后来告诉我的。可后来，图书馆通知母亲，规章变了，他们只能雇用有正经学历的人。母亲并不相信他们的话。她停止了阅读，许多年过后，她才又走进另外一座小镇的另一间图书馆，借书回家。我提到这一段，是因为这关系到小孩子会对这个世界产生什么样的认知，以及怎么处世的问题。

例如，你怎么知道询问一对夫妇他们为什么没有孩子是不礼貌的？你怎么布置餐桌、摆放食具？假如不曾有人告诉过你的话，你怎么知道你在嚼东西时张着嘴巴？甚至你怎么知道自己长相如何，假如家里只有一面高挂在厨房水池上方的小镜子？又或者，假如你从未听过哪个活人说你漂亮，反而当你的胸部开始发育时，你从母亲口中得知，你开始长得像佩德森家牲口棚里的一头母牛？

薇姬怎么过来的，我至今不知晓。我们不像你猜测的那么亲近；我们一样没有朋友，一样受人嘲笑，但我们打量彼此时怀疑的目光，与我们打量外面世界时的目光相同。现在，因为我的人生已今非昔比，时不时回想起从前的岁月，我竟开始觉得，事情没有那么糟。也许事实确实如此。但有时候当我走在阳光普照的人行道，望着迎风弯折的树梢，或正看见十一月的天幕在东河上拉拢之际，那黑暗的滋味会出乎意料地骤然充塞我的身心，深重到我想要叫出声来，以至于我只得走进最近的服装店，和陌生人聊聊新到的毛衣样式。这想必是我们大多数人与这个世界过招的方式，一知，半解，涌上的回忆绝不可能属实。但当我看见别人自信地走过人行道，仿佛没有丝毫恐惧时，我意识到我并不了解其他人的情况。人生的种种，似乎都来自揣度。

*

"凯西这人最重要之处，"母亲说，"凯西这人最重要之处是……"她在椅子上俯身向前，侧过头，手托着下巴。我逐渐发现，自我上次见过她以来，这些年里她胖了，胖得恰到好处，使她的五官线条趋于柔和；她的眼镜框不再是黑色，而是换成了米色，她两鬓的头发越发暗淡无光，却没花白，因此，她好像一个微微发福、多了几分圆润的年轻时的自己。

"凯西这人最重要之处，"我说，"是她心地善良。"

"我不知道，"母亲说，"我不知道她有多善良。"护士"甜心饼干"打断了我们的谈话，她拿着写字板走进病房，抓起我的手腕，一边测量我的脉搏，一边盯着空气出神，湛蓝的眼睛望向远方。她给我量了体温，瞅了一眼体温计，在我的病历上写了点东西，随后走出病房。我的母亲，之前一直注视着"甜心饼干",此刻凝望窗外。"凯西·奈斯利总是不知足。我时常思索她跟我当朋友的原因——唉,我不知道我们能否称得上朋友,其实,我只是替她做裁缝,她付我钱而已——但我仍老在想,她为什么愿意逗留聊天——喔,她确实请我去过她家,在她出事时,不过我真正想说的是,我一直觉得,她喜欢的是我比她低微那么多的处境。在我身上,没有任何能令她嫉妒的东西。凯西总是向往某些她没有的东西。她有几个俏丽的女儿,可那不够,她想要个儿子。她在汉斯顿有舒适的房子,可那也不够,她想要一栋离市区更近的。什么市区?她这人就是那样。"说着,母亲从裙兜上拨下点什么,然后眯起眼,用更低沉的声音补充道:"她是独生女,我想那是有关系的,他们会更以自我为中心。"

我感到一阵冷一阵热,因为这毫无预警的当头一棒——我的丈夫是独生子,很久以前,母亲曾告诉我,这样的"条件"——她的原话——最终只可能导致自私自利。

母亲继续说:"唔,她嫉妒。不是嫉妒我,当然了。可是假如凯西想去旅行,她的丈夫不会有那份兴致。他希望凯西安心待在家里，他们可以靠他的薪水过日子。他干得不错，他管理一座种植饲料玉米的农场，你知道的。他们的生活惬意极了，谁都想过上他们的生活，真的。哟，他们还去什么俱乐部跳舞呢！我高中毕业后就没参加过舞会。凯西会来我这儿，要求做一件专为参加舞会的新礼服。有时她带女儿过来，如此漂亮乖巧的小家伙们，规规矩矩的。我永远记得她第一次带她们来时的情景。凯西对我说：'请允许我介绍这几位奈斯利家的小美人儿[1]。'当我开口说'噢，她们真是太可爱了'时，她说：'别——那是学校里人们形容她们的词，在汉斯顿，我们说奈斯利家的小美人儿。'欸，那是什么感觉，我始终疑惑，被称作'奈斯利家的小美人儿'？不过有一次，"母亲的话音变得急促，"我逮到她们其中一人在和姐妹窃窃私语，说我们家有股怪味道——"

"她们只是小朋友，妈，"我说，"小朋友总觉得处处有怪味道。"

我的母亲摘下眼镜，朝每个镜片轻吹一口气，用

---

[1] "奈斯利"原文为"Nicely"，意为漂亮。

裙子当拭镜布把它们擦干净。我觉得那一刻她的脸卸去了所有防备;我盯着她那张毫无掩饰的面孔,无法把目光移开。"后来有一天,你知道,时代变了。大家认为六十年代人人头脑发昏,但其实那是从七十年代才开始的。"她重新戴上眼镜——她的脸恢复如初。我的母亲继续说:"或许是过了那么久,变革才深入我们这片奶牛地。总之有一天,凯西上门来,她傻笑着,举止反常——一副少女状。当时你已经离家,去——"母亲举起手臂,摆动手指。她没有说"上学",也没有说"上大学",因此我也没有道出那几个字。母亲说:"凯西喜欢上了一个她认识的人,对此我心知肚明,虽然她没有公开那么讲。我未卜先知——神祇显灵,那或许是更确切的说法;当我坐在那儿看着她时,那画面自动出现在我的眼前,我看到了这一幕;我想:噢哟,凯西有麻烦了。"

"结果的确如此。"我说。

"结果的确如此。"

凯西·奈斯利爱上了她其中一个孩子的老师——此时那三个孩子都已上高中。她开始与这男人幽会。后来她告诉她的丈夫,她必须更充分地实现自我,而被束缚在家庭的牢笼中,她做不到。因此她搬了出去,丢下她的丈夫、她的女儿、她的房子。直到她打电话向我母亲哭诉,母亲才悉知详情。我的母亲开车去找她。凯西租了一间小公寓,她坐在豆袋椅上,比以前瘦了许多,她向我母亲承认,她坠入了爱河,可她一搬出来,那家伙就甩了她,说他无法继续维持他们以前的关系。故事讲到这里,我的母亲扬起眉毛,仿佛这件事的疑团虽大,但并未令她觉得不对劲。"总之,她的丈夫怒不可遏,深感丢脸,不肯重新接纳她。"

凯西的丈夫从未重新接纳她。他甚至一连十余年不跟她讲话。大女儿琳达高中刚毕业就嫁了人,凯西邀请我的父母去参加婚礼,因为——我的母亲推测——凯西在婚礼上遇不着会同她讲话的人。"那姑娘这么快就结婚了,"我的母亲说,语速变得急促起来,"人们以为她怀孕了,但我也没听说有孩子出生,一年后她与那人离婚,去了伯洛伊特,依我看,她是想物色一个有钱的丈夫,印象中我听说她找到了。"母亲讲,在婚礼上,凯西一刻不停地满场飞,紧张得要命。"看了真让人难过。当然,我们并不了解一个人的内心,但显而易见,她主要是想利用我们充场面。我们坐在椅子上——我记得那地方有一面墙，你知道，那是乡村俱乐部，汉斯顿那处可笑、豪华的场所，他们挂了印第安人的箭头，用玻璃框罩起来，我不懂为什么要那样做，谁会对那一个个箭头感兴趣？凯西会试图和某人攀谈，然后立刻回来找我们。琳达盛装打扮，一身雪白的婚纱——凯西没有请我为她缝制礼服，那姑娘是去外面店里买的——连这个当新娘的姑娘，也几乎对她的母亲不理不睬。凯西住在离她丈夫——现在是前夫了——几英里远的一间小屋里，住了近十五年。始终一个人。几个女儿一直忠实地站在父亲一边。想到这一点，我惊讶于他们竟允许凯西参加婚礼。不过话说回来，她的丈夫始终没有再婚。"

"他应该重新接纳她才对。"我眼含泪水说道。

"我猜他的自尊心受了伤。"母亲耸耸肩。

"唉，他现在一个人，凯西也是一个人，他们总有离开人世的一天。"

"没错。"母亲说。

那天，为了凯西·奈斯利的命运，我的心情烦乱起来，我的母亲就坐在我的床尾。至少我记得的是那样。我确信我如鲠在喉、双眼灼痛地告诉母亲——凯西的丈夫应该重新接纳她才对。我十分肯定我说了:"他会后悔的。相信我,他会的。"

母亲接话:"我怀疑后悔的那个是凯西。"

但也许那不是我母亲说的。

*

在我十一岁以前,我们住在一个车库里,那车库是我叔公的,他住在隔壁的房子里,车库内只有一个临时水槽,流出一股细小的冷水。钉在墙上的隔热材料里含有一种类似粉红棉花糖的填充物,但他们说那是玻璃纤维,会割伤我们。我对此感到困惑,所以时常会盯着它,如此粉艳的东西,我却不能碰;我苦思它为什么叫作"玻璃";如今想来不免奇怪,这个疑团竟似乎令我苦思冥想了许久,那分分秒秒都在我们旁边的粉艳而危险的玻璃纤维。姐姐和我睡的是帆布床,上下铺,两层之间用金属杆支撑。我的父母睡在一扇窗户下,窗外是辽阔的玉米地,我的哥哥有一张帆布床,在房间另一端的角落。夜里,我能听见小冰箱嗡嗡的噪声;那声音时响时歇。有些晚上,月光照进窗户,其余的夜晚,一团漆黑。冬天,屋里冷极了，我时常冻得睡不着，有时，母亲会在炉子上把水烧热，灌到红色的橡胶热水袋里，让我焐着睡。

我的叔公过世后，我们搬进了那栋房子，有了热水和抽水马桶，只是冬天屋里非常冷。从小到大，我讨厌挨冻。有一些因素决定了日后所走的路，我们很少能识别清楚，或准确地指出来，但我时而会想起那时我放学后迟迟不回家的事，是因为学校里暖和，只是为了能暖和点。门卫默默地一点头，脸上带着如此和蔼的表情，准许我走进一间暖气还在嘶嘶作响的教室，让我在那儿写家庭作业。我常常会听见微弱的回声，来自体育馆里啦啦队的训练，或篮球的弹跳，也可能是音乐教室里有乐队在排练，但我总是一个人待在教室，暖暖的；也就是在那时候我开始明白，功课只要埋头去做，便可完成。我能在一定程度上领悟到布置家庭作业背后的道理，那是我在家做功课时体会不到的。写完家庭作业后，我会看书——看到非走不可为止。

我们的小学规模不大，没有图书馆，但教室里有书，我们可以带回家读。上三年级时，我读了一本书，使我有了想写一本书的愿望。这本书讲了两个女孩，她们有一位慈爱的母亲，她们去另外一座小镇度夏，她们幸福快乐。这座小镇上有个叫蒂莉的女孩——蒂莉！她古怪、不招人喜欢，因为她又脏又穷，两个女孩不愿和蒂莉交好，但那位慈爱的母亲叫她们善待蒂莉。那本书里我所记得的就是这个：蒂莉。

我的老师看出我爱好阅读，她给我书，甚至是成年人的书，我一一读了。后来，上了高中，写完家庭作业后，在暖和的学校里，我依然阅览群书。这些书给了我实实在在的东西，这是我想说的重点——它们使我觉得不那么孤单。于是我想：我会从事写作，让人们不觉得如此孤单！（这是我的秘密。即使在与丈夫相识时，我也没有立刻告诉他。我不能太把自己当回事，只不过我确实如此。我——暗暗地，暗暗地——非常把自己当回事！我知道我注定是个作家。我不知道这会有多艰难。不过谁都不知道，而那无关紧要。）

由于我在暖和的教室里度过的时光，由于我的阅读量，由于我明白，只要每道题都不漏做，就能从家庭作业中有所收获——由于这几点，我得了全优。高三时，辅导员把我叫到她的办公室，说芝加哥近郊有一所大学愿意录取我，费用全免。我的父母对这件事没有多加置评，大概是出于顾及我的哥哥和姐姐，他们没有全优或出色的成绩；他们谁都没有继续升学。

是辅导员，在一个炙热的日子开车载我去那所大学。啊，我敛声屏息，当即爱上了那个地方！那儿给我的感觉广阔极了，遍地是楼房——我的眼睛根本望不到那座湖的边际——人们漫步，进出教室。我感到惶恐，但更多的是兴奋。我迅速学会效仿他人，努力不让自己在流行文化上的知识空白暴露出来，尽管这可不易办到。

我还记得这样一段往事：回家过感恩节时，当晚我无法入睡，原因是我害怕梦见我在大学的生活。我害怕一觉醒来，发现自己仍置身于这间屋子，并将永远在这间屋子里，那对我来说似乎是不可忍受的。我想：不。我不停地想着这件事，想了许久，直到睡着为止。

在大学附近，我找了一份工作，我的衣服是在廉价旧货店买的；那是二十世纪七十年代中期，那样的衣服，即使家境不贫困的人也会买。就我所知，没有人议论我的穿戴，但有一次——在认识我的丈夫以前，我深深地爱上了一位教授，我们有过短暂的恋情。他是一位艺术家，我喜欢他的作品，虽然我明白我看不懂，但我爱的是他，他的严苛、他的才智、他的觉悟。他认识到，假如他要过理想中的生活，就必须弃绝某些东西——比如孩子，弃绝孩子。不过现在我写下这一段的目的只有一个：他是我自少女时代以来记忆中唯一提起过我衣着的人，而且是在将我和他系里的一位女教授做比较时提起的，那位女教授穿戴昂贵、膀大腰圆——我则不是。他说："你底子好，但艾琳更有格调。"我说："可底子和格调是一回事[1]。"我并不确信真的如此，那只是有一天我在上莎士比亚研究课时写下的，出自那位教莎士比亚的教授之口，我觉得有道理。那位艺术家回道："要是那样的话，艾琳底子更好。"我为他略感难为情，他竟会认为我没有气质，因为我穿的衣服代表了我，即便

---

[1] 英文中的"底子"（substance）和"格调"（style）也有"内容"和"形式"的意思。在文学课堂的语境中，这句话亦可理解为内涵等于外观，形式即本质。

那是从二手店买的,不是普通的装束,我也没想过这会有任何含义,除非是在颇为肤浅的人眼里。后来又有一天,他问起:"你喜欢这件衬衣吗?这是有一次我在纽约时,从布鲁明戴尔百货公司买的。每次穿上时我都不敢相信这个事实。"我再度感到难为情。他似乎认为这很重要,而我一向以为他应该比那种人更深刻、更高明;他可是一位艺术家!(我非常爱他。)他想必是记忆中第一个打探我所属社会阶层的人——虽然在当时,我甚至都不知道该怎么表达这种感觉——他会开车载着我在居民区到处转,然后说:"你家住的是那样的房子吗?"他所指的房子没有一栋是我熟悉的模样,那些房子也不大,可就是一点都不像我小时候所住的车库——我告诉过他这件事;也不像我叔公的房子。我不觉得住车库可怜——没有那种在我看来他觉得我该有的可怜感——可他似乎认为我该觉得自己可怜。然而,我还是爱他。他问我从小到大都吃些什么。我没有说:"主要是糖蜜涂面包。"我说的是:"我们常吃烤豆子。"他说:"吃完后你们干什么,聚在一起放屁吗?"那一刻,我意识到,我永远不可能嫁给他。说来滑稽,一件小事竟能使人得出那样的领悟。一个人愿意放弃自己素来想要的孩子,愿意忍住对其过去经历或衣着的指点,但结果——一句微不足道的话让整个人泄了气,说:唉。

自此,我结交了许多男女朋友。他们的说法都一样:总有一些细节会透露实情。我的意思是,这不只是一个女人的经历。这发生在我们许多人身上,假如我们有幸耳闻并注意到那个不起眼的细节的话。

回首往事,我猜我曾十分乖僻,我讲话太大声,或是在聊到有关流行文化的内容时一言不发;我想,我对我没见识过的寻常的幽默反应奇特。我想,我压根儿不懂什么是反讽,那叫人不解。我和我的丈夫威廉第一次见面时,我感觉——出人意表地——他的确能读懂我的一些心思。他是我大二时生物学教授的实验室助理,对世事有自己的洞见。我的丈夫来自马萨诸塞州,他的父亲是个德国战犯,被发配到缅因州的马铃薯地里劳动,经常饿得半死。在这种情形下,这个男人赢得了一位农场主妻子的芳心,战争结束返回德国后,他思念她,给她写信,告诉她,他厌恶德国和德国人犯下的一切。他回到缅因州,跟这位农场主的妻子私奔,他们去了马萨诸塞州,他在那儿进修，成为一名土木工程师。他们的婚姻，自然，使那位妻子付出了不小的代价。我的丈夫有着德国人金发碧眼的相貌，与我看到的他父亲的照片一样。威廉自小到大听父亲说德语居多；不过在威廉十四岁时，他的父亲去世了。威廉的父亲和母亲之间没有书信留下；他的父亲是否确实对德国感到厌恶，我不得而知。威廉相信那是真的，因此许多年来我也相信是有那么回事。

威廉，为了逃离寡母的索求无度，到中西部上学，但当我认识他时，他开始渴盼找机会回东部。尽管如此，他还是想见一见我的父母。他是这样打算的：我们一起去阿姆加什，他会向我父母说明我们准备结婚，然后我们搬去纽约，那里有所大学安排了一个博士后的职位给他。事实上，我从不担心；我不觉得自己背弃了什么。我正处于热恋中，生活在向前迈进，那感觉顺理成章。我们开车经过大片大豆田和玉米地；那是六月初，道路的一边是大豆，青翠欲滴，衬得那片从远向近倾斜的田野晶莹透亮；另一边是玉米，还未长至我的膝盖高，碧油油的绿色将在未来几周里转深，眼下叶片柔软，之后会变得坚韧。（我年少时的玉米呀,你们是我的朋友!在田垄间跑啊跑,以小孩子独自在夏日奔跑的独特方式,跑向矗立在玉米田中央的那棵孤零零的树。)在我的记忆里,我们驶过时天是灰色的,天幕像是要升起——不是放晴,而是升起。那甚是美妙,天幕升起、天色渐亮的感觉,灰暗中带有一丁点蓝,树上绿叶繁茂。

我记得我的丈夫说,他没料到我家的房子这么小。

我们没有和我的父母待满一整天。我的父亲穿着机修工的工作服,瞧了威廉一眼,他们握手时,我看见父亲的脸严重扭曲,我小时候——暗自——称那种扭曲为"要出事儿"的序曲,表示我的父亲要开始变得坐立不安、无法自控了。印象中,在那之后,父亲没再瞧过威廉一眼,但我不能确定。威廉主动提议请我的父母和哥哥姐姐去镇上吃饭,地点由他们选。在他讲出那番话时,我感觉我的脸像太阳般火热——我们从未一家人在餐馆吃过饭。我的父亲告诉他:"你的钱在这儿派不上用场。"威廉用困惑的表情看着我,我微微摇了摇头;我咕哝着,我们该走了。母亲走出来,对正独自站在车旁的我说:"你父亲和德国人有深仇大恨。你应该事先告诉我们才对。"

"告诉你们?"

"你知道你的父亲参加过战争,几个德国人想要他的命。自他见到威廉的那刻起,他一直很不好受。"

"我知道爸爸参加过战争,"我说,"可他一个字也没有讲过。"

"在对待战争经历的问题上,有两种人,"我的母亲说,"一种人把它讲出来,一种人不讲。你的父亲属于不讲的那一类。"

"那是为什么呢?"

"因为讲出来有失体面,"我的母亲说,又补充道,"老天,到底是谁把你养大的?"

直到许多年以后,我才从哥哥口中获悉,父亲曾在德国的一座小镇上碰见了两个青年,他吓了一跳。我的父亲从背后朝他们开枪,他知道他们不是士兵,他们穿得不像士兵,可他还是朝他们开了枪,当他用脚把其中一人翻过来时,他发现那人正青春年少。哥哥告诉我,对父亲而言,威廉就好像是这个人年长后的翻版,一个回来奚落他的年轻人,要带走他的女儿。父亲杀害了两个德国少年,临终时,他告诉我哥哥，他没有一天不在想着他们，并认为他本该拿自己的性命作为交换。父亲在战争中还遭遇了什么，我不知晓，但他参加了突出部之役[1]，他也在许特根森林[2]待过，都是战争中战况最惨烈的地方。

我的家人既没参加我的婚礼，也无任何表示，但我的第一个女儿出生时，我从纽约打电话给我的父母，母亲说她梦到了此事，所以她业已知晓我生了一个女孩，可她不知道名字，她对"克里斯蒂娜"[3]这个名字似乎很满意。此后，我会在他们生日和逢年过节时打去电话，还有我的另一个女儿贝卡出生之际。我们客气地交谈，但每次，我总感觉别扭，我没再见过我的任何家人，直到那天，母亲出现在我的病床尾，窗外是亮着灯的克莱斯勒大厦。

---

1 突出部之役：又名阿登战役，是第二次世界大战中美军伤亡惨重的一役。
2 第二次世界大战中，美军和德军在许特根森林进行了一系列激烈战斗。
3 克里斯蒂娜：克丽茜的全称。

*

黑暗中,我悄悄问母亲是不是还醒着。

是啊,她回答,声音很轻。尽管这间窗口映着亮灯的克莱斯勒大厦的病房里只有我们两个人,但我们仍窃窃私语,仿佛会惊扰到谁似的。

"你觉得,凯西爱上的那个家伙,为什么在她一离开丈夫后就表示,不能和她继续走下去?他是害怕了吗?"

过了片刻,母亲说:"我不知道。但凯西告诉我,他向她承认自己是同性恋。"

"同志?"我坐起身,看见在我床尾的她,"他告诉她,他是同志?"

"想来这是你们今天的叫法,我们那时候说'同性恋'。他讲的是'同性恋'。或者说,凯西是这么讲的。我也不知道到底是谁讲的'同性恋'。反正他是。"

"妈，嚙，妈，你是在逗我笑呢。"我能听见她也开始笑起来，可她说："露露，我实在不知道这有什么好笑。"

"你啊，"我笑出了眼泪，"这个故事啊。这真是一个悲惨的故事！"

她仍在笑——压抑却急促的笑声，语气与她白天讲话时一样——她说："我搞不懂那有什么好笑的，为了一个喜欢男人的同志，离开自己的丈夫，事后发现真相，而你还以为你将拥有一个完整的男人。"

"笑死我了，妈。"我重新躺下。

母亲若有所思地说："我有时想，也许他不是同志。是凯西吓着他了。为了他而抛下自己的生活。那也许是他编造出来的。"

我思量这个说法。"就当时来讲，我不晓得一个男人是否会把那种事编造在自己身上。"

"噢，"我的母亲说，"噢，我猜真有。老实讲，我并不了解凯西的相好。我不知道他是否还住在那一带，我对他一无所知。"

"可他们做过吗？"

"我不知道，"母亲回答，"我怎么会知道？做什么？行房吗？天哪，我怎么可能知道？"

"他们一定行过房，"我说，因为我觉得这话很好笑，也因为我相信那是事实，"你不会为了一时的迷恋而遗弃三个女儿和丈夫。"

"也许会的。"

"好吧。也许会。"既然如此，我问道，"凯西的丈夫——奈斯利先生——真的自此没再和任何人好过吗？"

"是前夫，和她立马离了婚。总之，我相信没有。似乎没有迹象表明有。不过谁知道呢。"

也许是黑暗的缘故，只有那道从门缝透进来的惨淡光线，还有窗外宏伟的克莱斯勒大厦的点点灯火，使我们得以用从未有过的方式交谈。

"人啊。"我说。

"人啊。"母亲说。

我真开心。啊，我很开心，和母亲这样地交谈！

*

当时——如我先前所言,那是二十世纪八十年代中期——威廉和我住在西村离河不远的一间小公寓。那座楼没有电梯,这是个问题,因为我们有两个年幼的小孩,楼里没有洗衣房,而且我们还有一条狗。我会把小的孩子用背囊背在身上——在她还没长得太高时,牵着狗,颤巍巍地弯腰,把它拉的屎捡进塑料袋里,那是告示牌要求的:请及时清理您狗狗的粪便。我每次总要朝大女儿高喊,叫她等等我,别走下人行道。等等,等一等!

我有两个朋友,我对其中一人——杰里米,动了几分情。他住在我们公寓大楼的顶层,他几乎——但也不完全——与我的父亲同龄。他原籍法国,贵族出身,他放弃了一切来到美国,一个年轻人,从头开始。"那时候,各种各样的人都想来纽约,"他告诉我,"这

33

是大家向往的地方。我猜现在仍是如此。"杰里米在活了半辈子后，决定当一名精神分析师，我认识他时，他尚有几个病人，但他不肯向我讲述那是怎么一回事。他有一处诊所，在新学院对面，他一周去三次。我会在街上与他擦肩而过，看见他——又高又瘦、黑头发、穿着深色西装，还有那深沉的面孔——总是令我心跳加速。"杰里米！"我会打招呼，他会微笑着举起帽子，动作文雅、老派、欧式——这是我眼里看到的形象。

他的公寓，我只去过一次，是我被反锁在门外，只能等管理员现身的时候。杰里米发现我同那条狗和两个孩子坐在楼前的台阶上，我急得发狂，于是他请我进屋。我们一踏进他的住处，孩子们就立刻安静下来，变得十分规矩，仿佛她们知道那地方以前没有来过小孩，事实上，我也从未见过有哪个小孩走进过杰里米的公寓；只见过一两位男士，有时是一位女士。那间公寓干净简朴：一株紫色的鸢尾花插在一个玻璃花瓶里，背景是一面白墙，好几面墙上挂着画，当时，那使我明白了他与我的距离有多远。我这么说是因为我不懂艺术；那些作品颜色深暗、形状拉长，像极了抽象的构造，但也不完全是，我唯一明白的是，它们象征了一个我怎么也不可能懂得的奥妙世界。杰里米对我们一家人在他的住处感到不自在,我察觉得出来,可他是个不折不扣的绅士,这就是我为什么如此爱他。

有关杰里米的三件事:

第一件事:一天,我正站在楼前的台阶上,他从楼里走出来时,我说:"杰里米,有时我站在这儿,无法相信我真的身在纽约。我站在这儿,心想,究竟有谁会猜得到呢?我呀!就住在纽约。"

他的脸上闪过一丝表情——如此飞快,如此不由自主——那是一个由衷嫌恶的表情。我尚不知悉,城里人对地道乡下人的厌恶有多深。

有关杰里米的第二件事:刚搬到纽约后,我发表了我的第一个短篇小说,过了一阵子,我的第二个短篇也发表了。一天,在台阶上,克丽茜把这件事告诉了杰里米。"妈咪有篇故事登在了杂志上!"他转身凝神看着我,我不得不把视线转开。"没啦,没啦,"我说,"只是一本无聊、不起眼、完全不值一提的文学杂志。"他说:"原来——你是作家。你是搞艺术的。我和艺术家共事,我懂。我猜得没错,我一直知道你有那种天赋。"

我摇摇头。我想起大学时的那位艺术家,他对自己的认识,他坚决不要小孩的能耐。

杰里米在我旁边的台阶上坐下。"艺术家与其他人不同。"

"不。他们没什么不同。"我的脸绯红。我向来与人不同,我不想再有任何的不同!

"可他们确实不一样。"他拍拍我的膝盖,"你一定是个毫不留情的人,露西。"

克丽茜蹦上跳下。"那是个悲伤的故事,"她说,"我还读不懂——我能读懂一些词——但那是个悲伤的故事。"

"我可以拜读吗?"杰里米向我提出这个请求。

我说不行。

我告诉他,假如他不喜欢的话,我会承受不起。他点点头说:"好吧,我不会再问。可是,露西,"他说,"你和我聊得很多,我想象不出你写的任何东西我会不喜欢。"

我清楚记得他说"毫不留情"。他不像是毫不留情的人，我认为我同样不是，也不可能是毫不留情的人。我爱他，他温文儒雅。

他教我要毫不留情。

有关杰里米还有一件事：艾滋病的流行成了新闻。走在街上的男人枯瘦憔悴，看得出他们罹患了这突如其来、近似天谴般的疫病。有一天，和杰里米一同坐在门阶上，我说了一些令自己惊讶的话。就在两个这样的男人徐徐走过后，我说："我知道这话很令人讨厌，可我简直嫉妒他们。他们拥有彼此，他们在一个名副其实的团体中相伴相依。"当时他看着我，脸上带着真心实意的友善，现在我意识到，他看出了我没看出的东西：纵然生活殷实，但我孤单寂寞。孤单，是我人生中最先尝到的滋味，始终挥之不去，藏在我嘴巴的缝隙里，唤起我的回忆。那天，这被他发现了，我想。他很友善，只说了一个字："是。"他本可轻易地说："你疯了吗，他们是快要死的人！"可他没有那么说，因为他理解我身上的那份孤单。这是我一厢情愿的想法。这只是我的想法。

*

在一家时装店里——纽约以这类时装店闻名，就是那种私人经营、和切尔西区的画廊有几分相像的一处场所，我碰见了一个之后对我影响重大的女人，其中的道理我不完全明了，但她也许是我写下此书的缘由。那距今已有许多年，当时我的女儿大概分别是十一岁和十二岁。不管怎样，我在这家时装店里看见了这个女人，我敢肯定她没看见我。她一副没头脑的样子，是你很难再在今天的女人身上看到的样子，可她因此显得妩媚动人，那与她相得益彰，要我说，她的年纪已近五十。她有许多迷人之处：时髦，她的头发——那颜色，我们以前称为烟灰色——做得很好，我的意思是，我明白，那颜色不是拿瓶子直接挤在上面的，而是由一个经过培训、在发廊工作的人亲手染的。不过真正吸引我的是她的脸。我试穿一件黑夹克时一直从镜子里盯着她的脸,最后我说:"你觉得好看吗?"她表情诧异,仿佛没料到有人会征询她对衣服的意见。"啊,我不是这里的工作人员,抱歉。"她说。我告诉她,我明白,我只是想听听她的意见。我告诉她,我喜欢她的打扮。

"噢,行。你真的喜欢?哎呀,谢谢,哇。嗯,行啊。当然,没问题。"想必她看见我在拉扯那件夹克的翻领。"不错,那确实不错,你打算配那条裙子吗?"我们讨论起那条裙子,以及我有没有更长的裙子,以防万一,用她的话说,我"可能想穿有跟的鞋子,你知道的,更精神一点"。

她的人和她的脸一样美,我认为,我爱纽约,正因为它赐予人无穷无尽的邂逅。或许我亦看出了她心中的悲伤。这是我回家以后,脑中浮现过她的脸时所感悟到的;那大概是某些你在当下发现而未意识到的东西,当时她笑容满面,使她的脸神采奕奕。她有着仍会让男人为她倾心的姿容。

我说:"你是做什么的?"

"工作吗?"

"嗯,"我说,"你的样子,一看就像是从事着某些有趣的工作。你是演员吗？"我把那件夹克挂回衣架上；我没有钱买这类东西。

"哦不，没有，"她说，接着她又说——我保证我看见她红了脸，"我只是个写东西的。仅此而已。"仿佛她还是坦白的好，因为我察觉，她以前被人抓过辫子，又或许"只是个写东西的"，正是她内心对此的全部想法。我问她写些什么，她的脸清清楚楚地涨红了，她挥挥手说："哎，你知道的，书啊，小说啊，诸如此类，无足轻重，真的。"

我非问她的名字不可，而我再一次察觉到，这令她尴尬不已——她一口气说出："萨拉·佩恩。"我不想让她尴尬，遂为她的建议向她致谢，她似乎松了一口气，我们聊到去哪里买鞋最好——她穿着一双黑色漆皮高跟鞋，我想那使她心情愉快，而后我们道别，我们都对彼此说，认识你真高兴。

回到我们住的公寓——那时我们已搬到布鲁克林高地。在孩子们跑来跑去，嚷着要找吹风机或已送去洗的上衣时，我从头到尾查看了一遍我们的书架，我发现萨拉·佩恩和封面照片里的她仅有一丁点相像；

我读过她的书。而且我记得在一次聚会上,有个认识她的男人。他谈起她的作品,说她写得不错,可她克服不了"心慈手软"的毛病,这一点令他反感,在他看来,那削弱了她的作品。不过,我喜欢她的书。我喜欢试图告诉你某些实情的作者。我喜欢她的作品,还因为她在一片衰败的苹果园里长大,那是在新罕布什尔州的一座小镇,她写过那个州的农村地区,写过辛勤劳动、吃尽苦头却也有好事降临在身上的人。后来,我意识到,即使是在她的书里,她也没有确切地道出实情,她总在回避某些东西。唉,她连讲出自己的名字都那么为难!而我觉得我亦理解那一点。

*

在医院的第二天上午——距今已这么多年——我告诉母亲,她不睡觉令我担心,她说,我不必为她不睡觉而担心,她这辈子已经学会了打盹儿的本领。接着,她又一次开始用那稍显迫不及待的语气说了一堆话,压抑的情感似乎在她开口之际涌上并冲破了她的心房。那天上午,她陡然谈起她的童年,说她在儿时也总是打盹儿。"那是人在缺乏安全感的情况下所学会的,"她说,"你能够随时端坐着打个盹儿。"

我对母亲的童年知之甚少。在某种意义上,我认为这种情况——对父母的童年了解甚微并不罕见。我是指,在特定的方面。今天,人们对族谱怀有广泛的兴趣,那包含了姓名、地点、照片、法院记录,可我们怎么查明一个人的人生日常结构?我是说,当有一天我们想要了解时。我的祖先是清教徒,他们向来不通过谈话取乐，不像我见过的其他文化流派那样。但那天上午在医院，我的母亲乐滋滋地讲起有几年夏天，她住到一座农场去的事——她以前曾讲起过。无论出于何种原因，母亲童年时的夏天多半是在她姨妈西莉亚的农场度过的。关于那位姨妈，至今我只记得她瘦瘦的，面色苍白，我和哥哥、姐姐喊她"犀牛姨妈"——起码在我脑中，我一直把她和这个名字联系起来，"犀牛姨妈"这个词让人不解，因为小孩子不会引申思考，我不懂她为什么会取一个我从未见过的动物的名字。她嫁给了罗伊叔叔，就我所知，他人非常好。我母亲的表妹哈丽雅特是他们唯一的孩子，我少年时代倒是一直间或听人提起她的名字。

"我想起，"母亲用她轻柔、迫切的话音说，"有一天早晨，噢，我们那时还很小，我大概五岁吧，哈丽雅特三岁，我想起我们决定帮西莉亚姨妈摘除长在谷仓旁的柠檬百合枯花。但显然，哈丽雅特只是个小不点儿，她以为大的花蕾是要摘除的枯花，于是她啪啪掰下那些花蕾，这时西莉亚姨妈正好走出来。"

"犀牛姨妈是不是大怒？"我问。

"没有，我不记得她生气了。生气的是我，"母亲说,"我曾努力教她分辨哪个是花蕾,哪个不是。笨小孩。"

"我不知道哈丽雅特笨,你没说过她笨。"

"好吧,她也许不笨。她可能的确不笨。可她什么都怕,她非常害怕闪电。她会躲到床底下,嘤嘤啜泣,"母亲说,"我搞不懂。她还很害怕蛇。实在是个傻姑娘,真的。"

"妈。请别再讲那个词。求你啦。"我做出想要坐起时抬起双脚的动作。即使是现在,只要听见那个字眼,我总感觉,我必须从可能看见它们的地方抬起双脚。

"再讲哪个词?'蛇'吗?"

"妈!"

"看在老天的分儿上,我没——算了,算了。"她一挥手,肩膀微微一耸,转身望向窗外。"我老是觉得你像哈丽雅特,"她说,"你那莫名其妙的恐惧。还有你那同情身边出现的阿猫阿狗的本事。"

即使是现在,我仍不知道我同情过哪个阿猫阿狗,或者他们何时出现过。"可我想听你接着讲。"我说。我想再听到她的声音,她那异样、迫切的声音。

外号"牙疼"的那位护士走进病房；她给我量了体温，但她没有像"甜心饼干"那样发呆。"牙疼"仔细看着我，然后看了看体温计，继而告诉我，体温和前一天一样。她问母亲是否有任何需要，我的母亲快速地摇头。"牙疼"伫立了片刻，她愁苦的脸上似乎茫然若失。接着，她量了我的血压，血压一直是正常的，那天上午也正常。"好了，就这样。""牙疼"说。母亲和我均向她道了谢。她在我的病历上写了几条东西，到门口时，她转身说，医生马上就来。

"那位医生似乎人不错，"我的母亲对着窗户说，"他昨晚来过。"

"牙疼"离开前回头瞥了我一眼。

稍后我说："妈，再给我讲点哈丽雅特的事吧。"

"哎，你知道哈丽雅特后来怎样了。"我的母亲把神思转回到病房，回到我身上。

我说："但你一直是喜欢她的，对吗？"

"噢，当然啦——哈丽雅特有什么不招人喜欢的地方吗？她的婚姻真是够不幸的。她嫁了一个原籍和她相隔几座小镇的男人，是她在跳舞时认识的，那是一场在谷仓举行的方块舞舞会。我想，人们替她高兴，你知道，即便那时，在她最风华正茂的时候，她也没什么吸引人的姿色。"

"她哪里不对？"我问。

"她没有哪里不对。她只是永远一副烦躁的模样，连少女时的她也是，而且她有几颗龅牙。她还抽烟，导致她有口臭。不过她性情温柔，她确实如此，对谁都绝无恶意，她生了两个孩子，艾贝尔和多蒂——"

"啊，我小时候可喜欢艾贝尔啦。"我说。

"嗯，从小到大，艾贝尔一直是个出色的孩子。不可思议，那到底是怎么发生的，一棵不知从哪儿冒出来的树就茁壮地成长了起来，艾贝尔就是如此。总之，有一天，哈丽雅特的丈夫出去给她买烟，结果——"

"没有再回来。"我把话接完。

"可不是，他没有再回来。可不是，他真的没有再回来。他在街上倒地猝死，哈丽雅特千般辛苦，努力不让州政府把孩子领走。他什么也没给她留下，可怜的女人，我确信他也没料到自己就这么死了。那时，他们住在罗克福德——你知道的，离我们一个多小时车程——她继续留在那里，我不明白为什么。可从我们搬进那栋屋子后，每年夏天，她都会把小孩送到我们家来住几个星期。唉，孩子们的神情如此忧伤。我总会设法给多蒂做一条新连衣裙，让她带回家穿。"

艾贝尔·布莱恩。他的裤子太短，不及脚踝，我记得，我们去镇上时别的小孩嘲笑他，他总是面带微笑，浑然不当回事儿。他的牙齿不齐，有龋齿，但除此以外，他相貌英俊；也许他知道自己长得英俊。在我看来，说真的，他的心地好极了。他是唯一教我从查特温蛋糕铺后面的垃圾桶里找食物的人。与众不同的是，当他站在垃圾桶里，把包装盒逐一扔向旁边，直至寻获他要找的东西——过期数日的蛋糕、小圆面包、糕点，他从未表现出偷偷摸摸之态。多蒂或我的姐姐和哥哥，从不跟我们一起，我不知道他们人在哪里。到阿姆加什做了几回客后，艾贝尔不再来了；他在他家当地的一间戏院打工，当领座员。他寄给我一封信，里面夹着一本小册子，内有戏院大厅的图片；我记得那真是美极了，五颜六色的花砖，富丽堂皇。

"艾贝尔转运了。"我的母亲告诉我。

"再讲一遍给我听吧。"我说。

"他娶到了一位上司的女儿;看他的情形,我猜,是老板千金。他住在芝加哥,好多年了,"母亲说,"他太太的架子大得很,不愿与可怜的多蒂有任何瓜葛,多蒂的丈夫跟别人跑了,已经有几年了。多蒂的丈夫是从东部来的,你知道的。"

"我不知道。"

"喔。"母亲叹了口气,"是的。他来自东海岸这边的某个地方——"母亲朝窗户微一甩头,仿佛是在指出,这里就是多蒂丈夫的故乡所在,"说不定,他以为自己比多蒂优越那么一点点。露露,你怎么过得了没有天空的生活?"

"有天空呀。"但我补充道,"不过我知道你的意思。"

"唉,你怎么过得了没有天空的生活?"

"可是有人啊,"我说,"算了,告诉我为什么吧。"

"什么为什么?"

"多蒂的丈夫为什么跑了?"

"我怎么知道?噢,我大概是知道。他在切除胆囊时,认识了当地医院里的某个女人。咦,和你的情况差不多嘛!"

"我？你认为我打算跟'甜心饼干'或'严肃的小孩'私奔吗？"

"你绝搞不清人与人之间吸引彼此的是什么，"母亲回答，"但我想，他不会跟像'牙疼'那样的人跑掉。"母亲侧过头，对着门的方向，"虽然他有可能跟一个小孩跑了，但我确信不是严肃的小孩，你知道，我的意思是——"母亲向前俯身低语，"肤色偏黑，或者你知道的，印度人。"母亲重新靠坐回椅子。"可我十分确定，那个女人比多蒂年轻、妖娆。他把他们住的房子留给了多蒂，多蒂将那里改建成了家庭客栈。就我所知，经营得不错。艾贝尔在芝加哥过得滋润多了，对可怜的哈丽雅特来说终究是莫大的安慰。嗯，我想她曾为多蒂担心。哎哟，就没有哈丽雅特不担心的人。但现在不用担心了，我猜。她已经去世好些年了。一天夜里，在睡梦中，她就那样走了。走得算是安详。"

我一边听着母亲的话音，一边打盹儿，时睡时醒。

我思忖：这就是我想要的全部。

可其实我想要的不仅是这样。我希望母亲询问我的生活。我想向她讲述我现在过的生活。纯粹由于犯傻——我傻乎乎地脱口而出:"妈,我有两个短篇小说发表了。"她飞快而疑惑地看了我一眼,仿佛我在说我长出了多余的脚趾,接着,她望向窗外,一语不发。"拙作而已,"我说,"在很不起眼的杂志上。"她依然一言不发。接着我说:"贝卡不能一觉睡到天亮。那或许是遗传自你,或许她也会打盹儿。"我的母亲继续望着窗外。

"但我不希望她没有安全感,"我补充说,"妈,你为什么会缺乏安全感?"

母亲闭上眼睛,仿佛这个问题本身就能令她打起瞌睡,但我相信她一分钟也没睡着。

过了半晌,她睁开眼,我对她说:"我有一个朋友,杰里米。他以前住在法国,他的家人有一部分贵族血统。"

我的母亲看了我一眼,然后眺望窗外,过了许久她才说话:"他自己这么讲的?"我接话:"嗯,是他自己这么说的。"我设法用抱歉的口吻,并让她知道我们不必继续再讨论杰里米,或我的生活。

就在这时,我的医生从门口进来。"美女们。"他说,并点头致意。他走过去,与我的母亲握手,和前一天一样。"今天大家好吗?"旋即他嗖一声拉起我周围的帘子,将我和母亲分隔开。我爱他,原因很多,那是其中之一:他把查房变成我们俩独处的时光。我能听见母亲椅子的移动,我知道她离开了房间。医生抓着我的手腕,测量我的脉搏,当他像每天重复的那样,温柔地掀开我的住院袍以检查我的伤疤时,我注视着他的手——手指粗壮、可爱,纯金的结婚戒指一闪一闪。他轻轻按压伤疤周围的区域,审视我的脸,以判断那里疼不疼。他用挑眉毛的方式发问,我会摇摇头。那个伤口愈合良好。"愈合良好。"他说,我接话:"嗯,我知道。"然后我们会微笑,因为那似乎别有含义——致使我久病不愈的元凶不是那个伤疤。那微笑表示我们承认某些事,这就是我想说的。我一直记得这个男人,多年来,我用他的名字捐钱给那家医院。当时我想到的是那个短语——"按手礼",现在我又想起了这件事。

*

卡车。时而,我记起那辆卡车,历历在目的程度让我感到惊讶。留着一道道污垢的车窗,倾斜的风挡玻璃,仪表板上的尘埃,还有柴油、烂苹果和狗的气味。我不知道我有多少次被关在那辆卡车里,因为数不胜数。我不知道第一次是什么时候,也不知道最后一次是什么时候。但那是在我年幼时,最后一次被关在那里时我可能还不满五岁,否则,我就会整天都在学校。我被放在车里,因为我的姐姐和哥哥在上学,父母也都在上班——这是我现在的想法。除此之外,把我关在那儿是作为惩罚。我记得那里有夹了花生酱的苏打饼干,我不敢吃,因为我害怕极了。我记得我用力捶打车窗玻璃,尖叫。我也不是以为自己会死,现在想来,那时我的大脑一片空白,有的只是恐惧。意识到无人会来,我望着天色转暗,感觉寒意开始钻入车内。每次，我尖叫连连，哭到几乎无法呼吸为止。在纽约这座城市，我看见小孩子会因为累了而哭，那不是装的，有时仅是因发脾气而哭，那也不是装的。但偶尔，我会看见小孩子在哭泣时带着深深的绝望，在我看来，那是他能发出的最真实的声音之一。那时，我简直感觉我能听见体内心脏碎裂的声音，就如时机正合适时，你可以在户外听到玉米在我青春的田野上生长一样。我遇到过很多人，甚至有来自中西部的人，他们对我说，你不可能听见玉米生长的声音。他们错了。你不可能听见我的心碎裂，我知道是真的听不见，但对我来说，这两者不可分割，玉米生长的声音和我心碎裂的声音。我已走出乘坐的那节地铁车厢，所以不必聆听一个小孩那样的哭声了。

在置身于卡车内的那些时光中，我的思绪会转到很奇怪的地方。我以为我看见一个人朝我走来，我以为我看见了一只怪兽，有一次我以为我看见了姐姐。随后，我会镇定自己的情绪，大声对自己说："没事，甜心，很快会来一位善良的阿姨。你是个乖巧懂事的女孩，你真是个乖女孩，她是妈咪的亲戚，她需要你去和她同住，因为她孤单寂寞，想找一个乖巧的小女孩跟她一起住。"我会做起这样的白日梦，那让我觉得确有其事，那使我心情平静。我幻想无须挨冻，有干净的床单、干净的毛巾、一个能用的厕所和一间阳光充足的厨房。我就这样让自己进入天堂。而后，寒意会钻进来，太阳会落下去，我的哭声又会再起，先是呜咽，然后哭得越发厉害。继而父亲会现身，打开锁住的车门，有时他抱起我。"没什么可哭的。"他有时说。我能记起他温暖的手张开、按在我脑后的感觉。

前一晚，那位带着令人怜爱的忧伤的医生，来检查我的情况。"我有一个病人，在另一层楼，"他说，"让我瞧瞧你恢复得如何。"他和往常一样，刷地拉起我周围的帘子。他没有用体温计给我量体温，而是把手贴在我的前额，然后伸手抓起我的手腕，测量我的脉搏。"好了，就这样，"他说，"安心睡吧。"他把手攥成一个拳头，亲了一下，然后做出一个向空中挥拳的动作，同时刷地拉开帘子，离开了病房。许多年来，我爱这个男人。不过我已经说过这话了。

*

除了杰里米，我住在西村这段时间里，唯一的朋友是一个高个子的瑞典女人，名叫莫拉；她至少比我大十岁，但她的孩子很小。一天，她和她的孩子要去公园，路过我家门口，她当即与我聊起十分私人的事。她说她的母亲待她不好，因此，当她有了第一个宝宝时，她变得非常忧郁，她的精神科医生告诉她，她的悲伤源于各种她过去没有从自己母亲那儿得到的东西，等等诸如此类的话。我没有不相信她，但她的故事并不吸引我。那是她的风格，直截了当地把事情倾吐出来，依我的经验，那并不是人们会谈到的事。她对我其实不感兴趣，这一点令人释然。她喜欢我，对我态度亲切；她好为人师，教我应该怎么抱娃、怎么带她们去公园，因而我也喜欢她。大多数时候，她喜欢看电影，或某些国外的东西，当然，她本身就是外国人。她提及电影，我完全不知道她在讲什么。她想必注意到了这一点，礼貌地不予道破，或者，她也许难以置信，当她谈到伯格曼的电影、二十世纪六十年代的电视节目还有音乐时，我竟一脸茫然的表情。如我先前所言，我对流行文化一无所知。那时候，我几乎尚未认识到自己在这方面的缺陷。我的丈夫了解我的这一不足，他若在场的话，会设法帮我解围，他可能会说："噢，我太太从小到大电影看得不多，别放在心上。"或是："我太太的父母很严厉，从不允许她看电视。"不让别人知道我贫寒的童年，是因为连穷人也有电视机。谁会相信我的故事呢？

*

"妈咪。"在母亲到的第二天晚上我轻声说。

"嗯?"

"你为什么来这儿?"

出现一阵沉默,她在椅子上挪动,而我则把头转向窗户。

"是你丈夫打电话叫我来的。他希望有人照看你,我相信。"

很长一段时间,病房里寂静无声,也许是十分钟,也许将近一个小时,我实在不知,但最后我说:"好吧,总之,谢谢你。"她没有应声。

半夜,我从噩梦中惊醒,我不记得梦见了什么。她的声音悄悄传来:"小露露,睡吧。若睡不着,那就闭目养神。要注意休息,宝贝。"

"你都不睡觉,"我说着,试图坐起身,"你每晚都不合眼，怎么撑得下去呢？妈，已经两宿了！"

"别为我担心。"她说。她补充道："我喜欢你的主治医生。他时刻留意你的情况。住院医师什么也不懂，他们怎么会懂呢？但这位不错，他保证会让你好起来的。"

"我也喜欢他，"我说，"我爱他。"

过了几分钟，她说："很抱歉，你们从小到大，家里真是太穷了。我知道那叫人抬不起头。"

黑暗中，我感觉自己的脸变得滚烫。"我认为那无关紧要。"我说。

"那当然要紧。"

"但现在我们都过得挺好。"

"我可不敢这么肯定。"她沉吟着说出这话，"你哥哥人到中年，却和猪睡在一起，看的是儿童书。还有薇姬。上学时，同学取笑你们——她对此耿耿于怀。你的父亲和我不晓得有那回事，现在想来，我们应该知晓才是。薇姬仍满腹怨恨。"

"怨恨你吗？"

"嗯，我想是的。"

"那没道理。"我说。

"不。母亲理应保护她的孩子。"

过了一会儿,我说:"妈,这个世上有些孩子,被母亲卖了,换取毒品;有些孩子,他们的母亲离家出走数日,就那样丢下他们不管;有些——"我打住了。我厌烦了这些听上去不实的话。

她说:"孩子,你的个性和薇姬不同。和你哥哥也不同。你没有那么注重别人的想法。"

"你怎么说起这个话题来?"我问。

"喔,瞧你眼下的生活。你义无反顾地前行,并……成功了。"

"我明白。"我不明白,其实。我们到底要怎么认识自己的某些方面?"小时候我去上学时,"我仰面平躺在病床上,高楼大厦的灯火照进窗户,"我会整天想念你。老师叫我回答问题时,我说不出话,因为我的嗓子里堵了一块东西。我不知道那持续了多久,但我真是太想念你了,有时我会跑进厕所去哭。"

"你的哥哥会呕吐。"

我等了片晌。半晌过去。

最后她说:"上五年级以前,每天早晨,你的哥哥都会吐。我始终没找出原因。"

"妈，"我说，"他看的是什么儿童书？"

"讲大草原上的一个小女孩，有一整套。他喜爱那套书。他不是智力低下，你知道的。"

我把视线转向窗户。发光的克莱斯勒大厦，犹如灯塔，象征着人类最宏大、最美好的希望，以及人类对美的向往和渴望。那是我想讲给母亲听的，有关我们看见的这座大楼。

我说："有时我会想起那辆卡车。"

"卡车？"母亲的声音里带着吃惊，"我对卡车一无所知，"她说，"你指什么卡车，是你父亲的雪佛兰老卡车吗？"

我想说——哦，天杀的，我想说——难道不是有一次，一条真的长极了的棕蛇，和我一起被关在车里吗？我想问她这件事，但我开不了口，我说不出那个词，即使现在我仍没有勇气说出那个词，告诉任何人，当时我多么害怕——当我发现自己被锁在车里时，旁边有这样一条长长的、褐色的——它动得如此之快。如此之快。

*

我上六年级时,来了一位东部的老师。他叫黑利先生,他年纪很轻;他教我们公民课。他有两件事让我念念不忘。第一件是,有一天,我憋得厉害,但不愿去厕所,因为那会引起大家的注意。他给了我通行牌,微笑着点了一下头。我返回教室,走到他近旁归还通行牌——那是一个大木块,我们必须手持那块木头去走廊,以证明我们获准可以出教室——当我把通行牌递还给他时,我看见卡萝尔·达尔,一个人缘很广的女生,做了个动作——一种手势或什么,凭我的经验,我知道她是在取笑我,她在朝她的朋友做那个动作,让他们也可以取笑我。我记得黑利先生脸一黑,他说:千万别以为自己比别人强,我不容许这种情况出现在我的教室里,在这里没有谁比谁强,刚才,我看见你们有些人脸上的表情显示你们认为自己比别人强，我不容许这样的事出现在我的教室里，决不。

我瞥了卡萝尔·达尔一眼。在我的记忆中，她收敛起来，她感到羞愧。

我默默地、毫无保留地、立刻爱上了这个男人。我不知道如今他人在何处、他是否依然在世，但我仍爱着这个男人。

关于黑利先生的另一件事是他向我们讲授印第安人的历史。在那以前，我不知道我们骗取了他们的土地，导致黑鹰酋长起兵反抗。我不知道白人给他们喝威士忌，不知道白人在属于印第安人的玉米地里杀害了印第安部族的女人。我觉得我像爱黑利先生一样爱黑鹰酋长，我觉得这些印第安人勇敢、了不起，我不敢相信黑鹰酋长被俘后，被带到各个城市示众。我在最短的时间内读了他的自传。我记得他说过的一句话："白人的语言谅必圆滑极了，他们能把对的说成错的，把错的说成对的。"我亦担心，他的自传，在经过译者的转述后会不准确，所以我好奇，黑鹰酋长究竟是怎样的人。他留给我的印象刚强而惶惑不解，当他谈起"我们的伟大领袖，总统大人"时，他措辞文雅，那令我感到悲哀。

我想说，这一切，我们强行施加给这些人的凌辱，对我影响巨大。有一天，我们学到印第安妇女种了一片玉米地，白人前来，捣毁了田地，放学回家时，母亲正在我们住过的车库前面——我们刚搬出来不久，她大概是在试图修理某样东西，我记不得了，可她就蹲在前门旁，我对她说："妈咪，你知不知道我们对印第安人干了什么？"我怀着畏怯，慢慢讲出这句话。

母亲用手背抹了一下头发。"我才不管我们对印第安人做了什么呢。"她说。

那个学期末，黑利先生走了。在我的记忆里，他去服兵役了，参加的只可能是越战，因为越战正好发生在那段时间内。自此，我总在首都华盛顿的越战纪念碑上查找他的名字，但上面没有。我对他的了解仅此而已，但在我的记忆中，自那起事件后，卡萝尔·达尔——在他的课上——不刁难我了。我们全都喜欢他，我想说。我们全都尊敬他。一个男人，教一班十二岁的学生，取得这样的成就非同小可，但他做到了。

*

多年来,我一直想着母亲提到的哥哥在读的书。我也读过那些书,它们带给我的触动不太深。诚如我所言,我心属黑鹰酋长,排斥这些生活在大草原上的白人。于是我总想着这些书:哥哥喜欢的是书里的什么内容?这套书中所写的那户人家很善良。他们横穿大草原,有时身涉险境,但那位母亲总是和蔼可亲,那位父亲对他们关爱备至。

后来,我的女儿克丽茜也喜爱这套书。

克丽茜八岁生日时,我给她买了那本写蒂莉的、曾对我意义重大的书。克丽茜爱好阅读,我欣喜地叫她拆开这本书的包装。她在我为她举办的生日会上把书拆开,她的一个父亲是音乐家的朋友也在场。生日会结束后,这位父亲来接他女儿时,逗留寒暄了几句，他提到我上大学时认识的那位艺术家。在我搬来这里后不久，那位艺术家也搬到了纽约。我说我认识他。那位音乐家说，你比他太太漂亮。没有，在我询问时他说，那位艺术家没有小孩。

几天后，克丽茜和我说起那本里面有蒂莉的书。"妈，这本书有点傻。"

但我哥哥喜爱的写大草原上那个女孩的书，克丽茜现在仍然喜欢。

*

第三天，母亲坐在我的床尾，我能看出她脸上的疲惫。我不希望她走，可她似乎没办法接受护士提出搬来一张折叠床的建议，我预感她马上要走了。我像以往常有的那样，开始提前忧惧这一刻的来临。我记得我第一次为将要发生的事提心吊胆，是和小时候看牙医有关。由于我们年少时不怎么护理牙齿，同时从遗传角度来看，我们被认为长了"软质牙"，所以每次去看牙医，自然都会满心忧惧。那位牙医提供免费的牙齿保健，但方式吝啬，无论是在时间还是态度上。他仿佛看不惯我们的样子，我一听说要去见他，就开始担忧，直到看完牙为止。我见他的次数不多，但我很早就明白这个道理：吃两遍苦是浪费时间。我提到这件事，只是为了说明有多少事是头脑无法驱使自身做到的，即便想做也做不到。

第二天半夜，"严肃的小孩"前来找我，她说化验室送回了验血结果，我需要立刻做一个CT扫描检查。"可现在是半夜啊。"母亲说。"严肃的小孩"说我非去不可。于是我说："那就去吧。"不一会儿，几个护理员现身，把我放到轮床上，我朝母亲挥挥手，他们把我推进一个接一个宽敞的电梯。走廊里黑黢黢的，电梯里也是；一切似乎暗淡无光。此前我没有在夜晚离开过病房，我不曾察觉，就连在医院，夜晚和白天也是有区别的。在经过很长的路、转了许多个弯后，我被推进一间房里，有人把一根小管子塞到我的腋下，另一根小管子插入我的咽喉。"别动。"他们说。我连点头也不行。

过了很长时间——到底多长，我不知道实际的时间或该如何表达——我被推入环形的CT扫描装置中，传出几下咔嗒声，然后那东西不动了。"该死。"我身后的一个声音说。我在那儿又躺了很长时间。"机器坏了，"那个声音说，"但我们必须完成这个检查，不然医生会宰了我们。"我在那儿躺了很长时间，我觉得冷极了。原来医院里常常很冷。我在哆嗦，但没有人注意到；我确信他们本该拿一条毯子给我的，可他们只想着让仪器运转起来，我理解那份心情。

最后，我终于做完了检查，仪器发出听上去正常的咔嗒声，微小的红灯闪着，而后，他们拔去我喉咙里的管子，把我推到外面的走廊里。我想，这将是我终生难忘的回忆：母亲正坐在黑黝黝的等候区，那里位于医院地下室的尽头，她的肩膀因疲惫而微微下垂，但她的坐姿，透出绝无仅有的耐心。"妈咪，"我轻声说，她朝我挥挥手，"你究竟是怎么找到我的？"

"不容易，"她说，"但我长了嘴巴，我可以问。"

*

第二天上午,"牙疼"亲自来通知,检查结果出来了,一切正常,虽然之前验血报告显示有异样,但经 CT 扫描检查,并无问题,稍后医生会详细说明。"牙疼"还随身带来一本八卦杂志,她问我母亲想不想看。母亲忙不迭地摇头,仿佛有人叫她触摸人体的私密处似的。"我想看。"我一边对"牙疼"说,一边伸出手。她把杂志递给我,我向她道了谢。那天上午,那本杂志就放在我的床上。后来,我把它收到摆了电话机的桌子的抽屉里,我那样做——藏起杂志——是怕万一那位医生会进来。所以我和母亲一样,不希望别人通过我们阅读的书刊来评断我们,那种东西,她连读也不愿读,而我只是不希望被别人看到。过了这么多年,这仍让我觉得是咄咄怪事。当时我在住院,她基本上也算是;有什么比这更合适的时光，能用来读些转移注意力的东西呢？我的病床旁放着几本从家里带来的书，但母亲在的时候，我没有读那些书，她也没有瞧那些书一眼。至于那本杂志，我确信那应该不会在医生的心目中留下不佳印象。可偏偏我们俩，母亲和我，都如此敏感。在这个世上，时时有着他人的目光：我们要如何确保自己不觉得低人一等呢？

那不过是一本讲电影明星的杂志，等我的女儿们再大一点后，她们会和我一起把它当作消遣读物，若我们需要打发时间的话。就这份杂志而言，它时常刊载专题，讲述普通人遭受非比寻常苦难的故事。那天下午，我从抽屉里拿出那本杂志，发现有篇文章，写一个在威斯康星州的女人，一天傍晚，她走进牲口棚去找丈夫，结果被砍了手臂——是真的被斧头所砍，凶手是一名从州精神病院跑出来的男子。事发之际，她的丈夫被绑在马圈围栏的一根柱子上，目睹了一切。他尖叫，那使得马儿跟着尖叫，我猜想，那位妇人一定发疯似的尖叫——文章里没有说她昏过去了——这般喧闹的响声，吓跑了那名从精神病院逃出来的男子。那位妇人，由于动脉汩汩向外冒血，本来极可能流血身亡，但她发出呼救，一位邻居及时赶来，给她的手臂绑上止血带，如今，这对夫妇和邻居每天所做的第一件事就是一起祈祷。文中有一幅照片，是晨曦下，他们在威斯康星那座牲口棚的门旁祈祷。那位妇人用她余下的一条手臂和手做出祈祷的动作；他们祈望她很快能装上义肢，但问题在于钱。我告诉母亲，我认为拍摄人们祈祷的照片是不礼貌的，而她说，这整篇报道都不礼貌。

"不过，那位丈夫是幸运的，"她过了稍许说，"我在新闻里看到的那些节目，有一个男人必须眼睁睁看他的妻子被强暴。"

我放下那本杂志。我望着坐在我床尾的母亲，这位我数年未见过的妇人。"真的吗？"我问。

"真的什么？"

"一个男人眼睁睁地看自己的妻子被强暴？你在哪儿看到的，妈？"我没有加一句我最想问的：你们什么时候有了电视机？

"我在电视上看到的，我刚才和你讲过了。"

"是在新闻里，还是刑侦剧之类的节目？"

我看见——我感觉我看见——她思索了一下，

然后她说:"是新闻,有一晚在薇姬家看的。发生在那类可怕的国家里的什么地方。"她的眼睛倏然合拢。

我重新拾起那本杂志,快速翻阅。我说:"嘿,瞧——这女人穿的礼服真漂亮。妈,看这件漂亮的礼服。"可她没有反应,也没有睁开眼。

这是那天医生进来时见到的情景。"美女们。"他说,然后在看见我母亲闭着眼睛时住了口。他就待在门口不动,他和我都注视了片刻,看母亲是不是真的睡着了,或她会不会睁开眼。我们俩定睛注视的那一刻,使我回想起年少时,我们去镇上,有时我会不顾一切地想朝一个陌生人跑去,说:"你要帮我,求你,求求你,能请你带我离开这儿吗?有坏事要来了——"不过当然,我并未付诸行动;凭直觉,我知道没有陌生人会出手相助,没有陌生人敢,而且到头来,这样的背叛会使事态恶化。于是此刻,我从注视母亲转向注视我的医生,可以说,这就是我一直盼望出现的那个陌生人,他转头,想必在我脸上看出了什么,我——在那一瞬间——感觉我在他脸上也看出了什么,他举起一只手,示意他会再回来,在他走出去的那一刻,我感觉自己掉进了一团许久以来熟悉的黑暗中。母亲的眼睛闭了半晌。时至今日，我仍不清楚她是睡着了，还是只为和我保持距离。当时，我很想和我的小宝贝说话，但母亲若是睡着了的话，我不可以在床边打电话吵醒她，而且女儿们也应该在上学。

我想和女儿们讲话已经想了一整天，我按捺不住，于是推着输液装置走到外面的走廊上，请求护士借他们桌上的电话给我一用，他们把一台电话机推到我面前，我打给我的丈夫。我拼命不让眼泪掉下来。他在上班，听到我说我多么思念他和孩子，他为我感到难过。"我会打电话给保姆，孩子们一回到家就叫她打电话给你。克丽茜今天有玩伴活动。"

所以生活仍在继续，我想。

（而现在我想的是：生活在继续，直至继续不下去为止。）

我强忍泪水，只好坐在护士工作站旁的椅子上。"牙疼"伸出臂膀搂着我，即使现在，我仍因那个举动而对她深有好感。我偶尔悲哀地想到田纳西·威廉斯为布兰奇·杜波依斯写的那句台词："一直以来，我总是仰仗陌生人的善意。"我们中许多人屡屡因陌生人的善意而获救，但一段时间后，那句话听起来陈腐老套，好像心灵鸡汤。令我悲哀的正是这么一句优美、真实的台词，因用得太多，结果添上了心灵鸡汤的肤浅色彩。

当母亲过来找到我时，我正在用裸露的手臂擦脸，我们所有人——"牙疼"、我、其他护士——朝她挥手。"我以为你在午睡。"在与她回病房的途中我说。她说她是在午睡。"保姆可能就快打电话来了。"我说，我告诉她，克丽茜有玩伴活动。

"什么是玩伴活动？"母亲问。

幸好当时只有我们两人。"就是放学后去某个同学家。"

"那个玩伴是谁？"母亲问，我相信，她想必在我脸上看出了什么，看出了我的哀伤，问话是她示好的方式。

我们走在医院的走廊上，我向她讲述克丽茜的朋友，讲述她朋友的母亲是教五年级的老师，父亲是一位音乐家，但也是个混账，反正挺混的，他们的婚姻不幸福,但几个女儿似乎相亲相爱得很。母亲一边听,一边只顾点头。我们回到病房时,医生已经在那儿了。他一脸例行公事的表情,刷地拉起帘子,按按我结疤的伤口。他态度简慢地说:"关于昨晚的恐慌——血液核查显示有炎症,所以我们需要做CT扫描检查。等你退了烧,能吃下固体食物后,我们就可以让你出院回家。"他的话音与之前截然不同,他每说一个字,都像是在掌掴我一样。我说:"明白了,医生。"眼睛没有看他。我学到了一课:人会倦。头脑、灵魂,或不管是什么,不管我们称之为什么,会倦的不只有身体,我断定——通常,大多时候——这是天性在帮助我们。我开始倦了。我相信——但我不得而知——他也开始倦了。

保姆打电话来。她还只是个小姑娘,不停地向我保证,孩子们很好。她把话筒放在贝卡耳边,我说:"妈咪很快就会回家了。"一遍一遍又一遍,贝卡没有哭,这让我欣慰。"什么时候?"她问。我反复说"很快",还有我爱她。"我爱你,你知道的,对吗?""什么?"她问。"我爱你,我想你,我没有陪在你身边,是为了能让我的身体好起来,我会好起来的,然后我马上就能见到你了,好吗,我的天使?"

"好的,妈咪。"她说。

*

大都会艺术博物馆，如庞然大物，坐落在纽约的第五大道，门前有许多台阶，馆内一层有一块分区，叫作雕塑厅，想必我曾和丈夫从这件独特的雕塑旁走过许多次，等孩子们长大了些，还带着她们，当时的我只想着给孩子们买吃的，从未真正搞清人们在这样一间藏品多得令人眼花缭乱的博物馆里做什么。卷在这些需求和担忧中的是一座雕像。直至最近——在过去几年里——当光照在那座雕像上，给它蒙上一层皎洁的光辉时，我才停下脚步，望了它一眼，说，啊。

那是一座大理石雕像，一个男人，身旁围着他的孩子，男人脸上的表情如此绝望，几个孩子在他脚边似乎抓着他不放，恳求他，他神色痛苦地凝望外面的世界，他的双手用力拉扯嘴角，可他的孩子却一味地看着他,当我终于见到这座雕像时,我在内心发出:啊。

我读了解说牌,上面写着,这些孩子把自己当作食物,献给他们的父亲——他在狱中快要饿死了,这些孩子只渴望一件事——为他们的父亲排忧解难。他们愿意让他——噢,开开心心地——把他们吃掉。

于是我想,所以那家伙知道。我是指那位雕塑家。他知道。

还有给这座雕像撰写解说词的诗人。他也知道。

好几次,我特地前往那间博物馆,去看我心目中那个快要饿死的、当父亲的男人,他的孩子围着他,其中一个紧紧抱住他的腿。当我到那里时,我不知所措。他和我记忆中的一样,于是我茫然若失地站着。后来我意识到,只有在我偷偷摸摸去看他的时候,我的需要才能得到满足。诸如我要赶着去别处和某人见面,或者我和某人在博物馆里,我说我得去一下洗手间,然后就那样走开,径自去看这座雕像。但当我孤身一人去看这个惊恐、挨饿、当父亲的男人时就不行。他永远在那儿,唯有一次,他不在。警卫说,他在楼上的特展里，这整件事让我有种受辱的感觉，其他人那么汲汲想看到他呀！

可怜可怜我们吧。

后来，回想起警卫告诉我那座雕像在楼上时我的反应，我记起这句话。我想，可怜可怜我们吧。我们无意表现得如此卑微。可怜可怜我们吧——这句话在我脑中掠过许多遍——可怜可怜我们每个人吧。

＊

"这些人是谁？"我的母亲问。

我躺着，面朝窗户；傍晚时分，城市华灯初上。我问母亲，她指谁。她回答："这本无聊杂志里这些无聊的人，他们的名字没有一个是我认识的。他们似乎都喜欢拍喝咖啡或购物时的照片，或是——"我没有再细听。我最想听的是我母亲的说话声，她说的内容无关紧要。因此我听着她的说话声。除了过去的这三天，距离我上一次听见她的声音已经很久，那声音变了。也许是我的记忆出了问题，过去，她的说话声常使我的神经受不了。现在这声音和以前的——总有压迫感，总是催逼的——正相反。

"瞧这个，"母亲说，"露露，瞧瞧这个。我的天啊。"她说。

于是我坐了起来。

她递给我那本八卦杂志。"你看到这个了吗?"

我从她手中接过杂志。"没有,"我说,"我的意思是,我看到了,但我没觉得有什么大不了。"

"啊呀,我的天哪,可不得了。她父亲是你父亲很久以前的一个朋友。埃尔金·阿普尔比。这儿恰好写着他的名字呢,瞧这句。'她的父母,诺拉·阿普尔比和埃尔金·阿普尔比。'哦,他幽默风趣。他能把魔鬼逗笑。"

"哎,魔鬼轻易就会笑。"我说,母亲看着我。"爸爸怎么认识他的?"我记得,那是她在医院陪我期间我唯一一次生她的气,原因是她就那样随口谈起了我的父亲,此前她一个字也不提他,除了讲到他的卡车。

她说:"他们年轻时认识的。谁知道呢,反正埃尔金搬去了缅因州,在那儿的一座农场工作,我不知道他搬家的原因。可瞧瞧她,这个孩子,安妮·阿普尔比。瞧瞧她,露露。"母亲指着她递给我的那本杂志。"我觉得她看起来——我说不清。"我的母亲坐着往后一靠。"她看起来……怎么说呢?"

"可爱?"我不觉得她看起来可爱;她有种气质,

但要我说,不是"可爱"。

"不,不是可爱,"母亲说,"一种气质。她有种气质。"

我再度盯着那张照片。她依偎着新交的男友,一个男演员,演过一部我丈夫有时晚上会看的电视剧。"她有种久经世故的气质。"我最后说道。

"正是,"母亲点头,"你说得对,露露。我也这么认为。"

那篇文章很长,主要是讲安妮·阿普尔比,而不是和她在一起的那个家伙。文章里说,她在一座马铃薯农场长大,位于缅因州阿鲁斯图克县的圣约翰山谷,她高中没有毕业,她辍学,加入了一个剧团,她想念她的家乡。"我当然想啊,"文章中引用了安妮·阿普尔比的原话,"我每天都想念那里的美景。"在被问到她是否想离开舞台而涉足电影圈时,她回答:"一点儿也不想。我喜欢观众就在我面前,虽然我在台上时心里并不想着他们,但我完全了解他们的需求,因此,我擅长这份为他们表演的工作。"

我放下那本杂志。"她长得很漂亮。"我说。

"我不觉得她漂亮,"母亲说,好像过了一会儿,她才又补充说，"我觉得她不只是漂亮。她很美。我好奇，对她而言，出名是什么感觉。"母亲似乎在思索这个问题。

也许是因为这是她自来了以后第一次提起我的父亲，而不仅是他的卡车，也许是因为她夸别人的女儿很美，总之我略带挖苦地说："没想到，你还关心对谁而言出名是什么感觉呢。"当即我感到一阵难受：这是我的母亲，就在前一晚，她摸索着找到通往地下室的路，在深夜时分，一路走到这间可怕的大医院的地下室，她去，是为了确认她的女儿无恙。于是我说："不过我也好奇过，有一次，我看见——"我说了一位知名女演员的名字——"在中央公园，她走在我旁边，我心想，那是什么感觉？"我讲这些话，全是用来再度向母亲示好。

母亲只是微微点了点头，望向窗户。"不晓得。"她说。几分钟后，她合上了眼睛。

没过多久我才想到，她大概不认识我提起的这位知名女演员。许多年后，我的哥哥说，就他所知，母亲从未去过电影院。我的哥哥也从未去过电影院。至于薇姬，我不清楚。

*

出院后,过了几年,我见到大学时认识的那位艺术家,在另一位艺术家的开幕展上。当时我的婚姻出现了问题。发生的事令我蒙羞;我的丈夫与那个带我女儿来医院、自己没有小孩的女人过从甚密。我已要求不准她再来我们家,他同意了。但我十分肯定,在去开幕展的那晚,我们吵了一架。我记得我没有换上衣。那是一件紫色的针织上衣,我配了一条半身裙,临出门,我套上丈夫的蓝色长大衣;我丈夫想必是穿了他的皮夹克。我记得我惊讶地看见那位艺术家在场。他看见我时似乎有点紧张,他的眼睛上下打量我的紫色针织上衣和那件深蓝色外套——两者我穿着都不合身,颜色也不协调;等我回到家、照镜子,看见他所看到的画面时,我才发现这一点。那不要紧。要紧的是我的婚姻。但那晚见到这位艺术家的事,关系之重大，让我在这么多年后，依旧对那件深蓝色外套和我俗艳的紫色上衣记忆犹新。他仍是唯一一会让我对自己的穿着感到难为情的人，这一点——对我而言——稀奇罕见。

先前我已说过：让我感兴趣的，是我们如何寻找到自己比另一个人、比另一群人高出一等的感觉。这种现象无处不在、无时不有。不管我们把这称作什么，在我看来，这种非要找一个贬低对象不可的需求，是我们最卑劣的一面。

作家萨拉·佩恩——我在服装店偶遇的那位女士,将在纽约公共图书馆的一个专题小组讨论会上发言。我在报上读到这则消息,是在我和她偶遇的几个月后。那令我感到惊讶;她极少公开露面,我以为她肯定非常不愿与人打交道。我向一个据说与她有些泛泛之交的人提起此事,那人说:"她没那么孤僻,只是纽约不适合她。"这令我想起那位称赞她写得不错、可惜心太软的男士。为了见她,我去听了这个讨论会;威廉没有跟我一起去,他说他宁可待在家里陪孩子。那是夏天,到场的人远没有我预想的那么多。给予她那番评价——"心软"一说——的那位男士独自坐在后排。这场讨论会谈的是小说的主旨:什么是小说的主旨,及相关话题。萨拉·佩恩在她的一本书里塑造过一个人物,那人声称一位美国前总统"是个老糊涂，由他的妻子凭星象图治理国家"。显然，萨拉·佩恩收到了人们攻击她的邮件，邮件里说，他们原本挺喜欢那本书的，直至读到那一节，她笔下的这个人竟用这般措辞形容我们的一位总统。听到这儿，那位主持人似乎吃了一惊。"真的吗？"他是图书馆的一位管理员。她说："是真的。""那么你有回复这类信件吗？"那位图书馆员在问这个问题时，他的手指不无精准地触碰到麦克风的底部。她说她没有回信。她说："让读者分清什么是叙述者的声音，而不是作者的个人观点，这不是我的工作。"此刻，她的脸不像我在服装店偶遇她时那样神采奕奕，仅这一句话就让我感到不虚此行。那位图书馆员似乎没听懂。"此话怎讲？"他一个劲儿地问，她则只是重复先前说过的话。他说："作为小说家，你的工作是什么呢？"她说，作为小说家，她的工作是记述人的境况，告诉我们，我们是什么样的人、我们想什么、我们做什么。

听众席里的一位女士举手说："可那是不是你对这位前总统的看法呢？"

萨拉·佩恩稍候了片刻，然后说："好吧，我这样和你们讲。虽然我在小说中塑造的那位女士，称那个男的是老糊涂,说他有一位凭星象图治国的妻子,但我想说——"她不自然地点点头,停顿了一下,"我,即我本人,萨拉·佩恩,这个国家的公民,我想说,我虚构的这位女士太轻饶了他。"

纽约的听众有时很难应付,但他们明白她的意思,人们颔首,互相窃窃私语。我回头看向坐在后排的那位男士,他面无表情。当晚讨论会结束后,我听见他对一位走上前同他讲话的女士说:"她每次都风头十足。"他说这话时的语气不善,我这么觉得。我独自乘地铁回家;那一晚,我不喜欢这座我住了这么久的城市,但我说不出具体原因。差一点我就能说出是为什么了,但我还是无法确切言明。

于是那一晚,我动笔记下这个故事。这个故事的某些部分。

我开始尝试。

*

在医院的那个晚上，在我说了我以为她从不关心出名是什么感觉后，我想我冲撞了母亲。我睡不着。我辗转难安。我想哭。当我自己的孩子哭时，我感到心碎，我会亲亲她们，看是哪里出了问题。也许我的确反应过度了。以前，我和威廉吵架时，我偶尔会哭，我早看出，他不像别的男人那样，讨厌听见女人哭，相反，这会打破他内心的所有冰霜。若我哭得很厉害，他几乎每次都会抱着我说，"好啦，芭嘟，我们会有办法解决的。"可在母亲面前，我不敢哭。我的双亲皆厌恶哭这个举动，对一个正在哇哇大哭的小孩来说，不得不止住哭泣是很难的，但她知道，如果不止住的话，一切将会更糟。这对任何小孩来说都不容易办到。我的母亲——那晚在医院病房——仍是老样子，无论那晚她迫切又温和的话音、舒缓的面容显得多么温柔,她仍是我终其一生都在面对的那个母亲。我要讲的是,我努力忍住不哭。黑暗中,我相信她醒着。

接着,我感觉她隔着床单捏了捏我的脚。

"妈咪,"我说,猛地直起身子,"妈咪,请别走!"

"我哪里也不去,露露,"她说,"我就在这儿。你的病会好起来的。你还要面对人生中的许多事,不过人人都要面对。就你的情况而言,我已看出些许,我的意思是,我有过一些预见,但陪在你身边时——"

我紧闭双眼——你可千万别哭出来,小傻瓜——我大力掐着腿上的肉,简直不敢相信那有多疼。然后没事了。我转身侧躺。"陪在我身边时怎么了?"我说。此时我能平静地讲出这句话。

"陪在你身边时,我不能确定这些预见有多准。以前我预见到的事在你身上都应验了。"

"比如你知道我生了克丽茜。"我说。

"是的。但我不——"

"知道她的名字。"我们一同讲出这几个字,黑暗中,这让我感觉我们同时莞尔一笑。母亲说:"睡吧,露露,你要好好睡觉。假如睡不着,就闭目养神。"

早晨,那位医生进来,刷地拉起我四周的帘子,当他看见我的大腿上有红色瘀血时,他没有碰,而是盯着那块瘀血,然后望着我。他抬起眉毛,令我惊慌的是,眼泪从我的眼角流下。他和蔼地点头,不过那是在愣了一下之后。他把手放在我的前额,做出检查体温状,我的眼泪不停地从眼角流下,他的手一直放在那儿。他动了一下拇指,仿佛想擦去一滴泪水。我的上帝,他真是个好人。他是一个大好人。我露出一丝微笑,向他道谢,一丝小小的、硬挤出的微笑,表示我的窘迫。

他点点头说:"你很快可以见到孩子们了。我们会安排你出院,与你的丈夫团聚。在我的看护下,你不会有生命危险,我向你保证。"然后他握拳,亲了一下拳头,接着朝我挥了挥拳。

*

萨拉·佩恩在亚利桑那州开课,为期一周,威廉主动出钱让我去,令我吃惊。这是我在纽约公共图书馆见过她的几个月后。我没想好要不要离开孩子们那么久,但威廉鼓励我去。那课程名叫"写作工坊",不知道缘由,但我一向不喜欢那个词:工坊。我去了,因为教课的人是萨拉·佩恩。当我在教室见到她时,我露出灿烂的微笑,以为她会记得我们在服装店的那次邂逅。可她仅报以点头,好一会儿,我才意识到她没有认出我。也许的确,我们盼望收到知名人物的小小致意,表示他们看见了我们。

我们上课的地方在一栋位于山丘之顶的老建筑内,里面很暖和,窗户敞开着,我望见萨拉·佩恩一讲课就变得有气无力。我从她的脸上看出疲态。一个小时后,她的脸挂下来,好像白黏土在温度不够低的情况下走样一般，那形象极了，她的脸因疲惫而耷拉成奇怪的形状，过了三小时，情况似乎更加严重了，她白黏土般的脸仿佛在颤抖。教那堂课耗去了她的一切心力，这是我此刻想说的。疲惫彻底毁了她的面容。每天，她开始上课时带着些许生气，不出几分钟，疲惫降临。现在想来，无论从前还是往后，我都没见过一张脸，如此清晰地显露出精疲力竭的神态。

班上有位男士，他的妻子身患癌症，刚刚离他而去，萨拉待他很好，我看得出这一点。我感觉，我们都能看出这一点。我们看出，这位男士爱上了班里的一名同学，她是萨拉的朋友。这没什么。那个朋友没有爱上他，但她并未轻慢他，这位女士和萨拉对待这位活在丧妻之痛中的男士的态度，颇有分寸。还有一位女士是教英语的。有一位加拿大男士，长着粉嘟嘟的脸颊，和蔼友善；班上的同学调侃他是十足的加拿大人，他欣然接受。另外一位女士，是心理分析师，来自加利福尼亚州。

我想讲述的是有一天发生的事，一只猫突然从开着的窗户跃进教室，刚好落到大桌子上。那只猫体形硕大，身子很长；在我的记忆中，它活像一头小老虎。我惊恐万状地跳了起来，萨拉·佩恩也跳了起来；她跳得很猛，她吓惨了。随后那只猫从教室的门跑了出去。平时极少开口的那位来自加州的心理分析师，用一种在我听来简直恶毒的语气对萨拉·佩恩说："你患创伤后应激障碍多久了？"

我记得当时萨拉脸上的表情。她恨这位女士讲出那句话。她恨她。在良久的静默中，大家从萨拉脸上看出了这份恨意，至少，这是我现在回想起那一幕时的印象。接着那位失去了妻子的男士说："噢，乖乖，那只猫可真大个儿。"

而后，萨拉向全班大讲起不要对人评头论足的事，以及下笔时不要妄下论断。

照事先承诺的，在写作工坊的这一形式下，我们每人有机会和老师私下会晤，而我确信，私下会晤必定令萨拉疲倦不堪。人们上这类写作班的目的往往是想要遇到伯乐，使自己的作品得以发表。我带了我正在写的那部小说的部分章节去参加写作工坊，但当轮到我与萨拉一对一会晤时，我拿出的是写母亲到医院探望我的片段草稿，那是我在图书馆见过萨拉以后才动笔写的；前一天，我悄悄把那几页的复印件放在了她的信箱里。我记得最清楚的是她同我讲话的语气，仿佛我与她相识已久，尽管她只字未提我们曾在服装店偶遇的事。"真抱歉，我太累了，"她说，"天哪，我简直头晕目眩。"她凑上前，轻轻摸了摸我的膝盖，然后靠坐在椅子上。"老实讲，"她柔声细语地说，"和上一个人会面结束后，我以为我要生病了。那种真正想吐的恶心，我实在不是这块料。"接着她说："听我说，仔细听好我的话。你在写的东西，你想写的东西，"她再度探身，用手指敲了敲我交给她的那篇草稿，"这非常好，肯定能出版。但注意，人们会追着你不放，因为你把贫穷和虐待联系在一起。真是个愚蠢的词，'虐待'，这样一个老套又愚蠢的词，可人们会说，贫穷不一定会导致虐待，而你，绝对什么话也不要讲。千万别为你的作品辩护。这是一个关于爱的故事，你心中明白。这个故事讲的是一个男人因他在战争中的所作所为而终生受到良心的谴责。这个故事讲的是一位对他不离不弃的妻子，在那一代人里，大多数妻子都这样。她走进女儿的病房，不由自主地谈论起某某人的婚姻触礁，她甚至都没意识到自己在做那样的事。这个故事讲的是一位母亲，她爱她的女儿。爱得不完美。因为我们的爱都是有瑕疵的。但假如你写这篇故事时发现自己在试图保护谁,那么记住这句话:那样做不对。"说完,她向后靠坐着,写下我应读的书籍名称,大部分是经典名著,当她站起,我也站起来准备告辞时,她突然说:"等一等。"接着她拥抱了我一下,把手放在嘴边,发出亲吻的声音,这令我想起那位和蔼的医生。

我说:"那位女同学提起创伤后应激障碍,我感到过意不去。我也跳起来了。"

萨拉说:"我知道你跳起来了,我看到了。不管是谁,像那样利用自己所受的专业训练来贬低他人——哎,那家伙就是个一无是处的废物。"她冲我眨眨眼,面容憔悴,然后转身离去。

自那以后我没再见过她。

*

"喏,"母亲说,这是她坐在我床尾的第四天,"你记得那个叫玛丽莲的女孩吧——她姓什么来着,玛丽莲·马修斯,我不知道她姓什么。玛丽莲·某某。你记得她吗?"

"我记得她。是啊,"我说,"当然。"

"她姓什么?"我的母亲问。

"玛丽莲·某某。"我说。

"她嫁给了查理·麦考利。你记得他吗?你肯定记得。你不记得了?他老家在卡莱尔,唔——喔,我猜他和你哥哥的年纪更相近。他们在高中时还没在一起,他和玛丽莲。但他们后来结了婚,他们都上了大学——在威斯康星,我想,麦迪逊分校——唔——"

我说:"查理·麦考利。等一下。他个子很高。他们上高中时我还在念初中。玛丽莲去过我们的教堂，帮她母亲分发感恩节晚餐的食物。"

"哦，正是。没错。"母亲点头。"你说得对。玛丽莲是个很不错的人。我之前和你讲过了——她和你哥哥的年纪更相近。"

我忽然清晰地忆起，有一天放学后，玛丽莲在无人的走廊与我擦肩而过，她朝我微笑，那是友好的微笑，像是在惋惜我的处境，可我感觉，她不希望自己的笑容显露出恩赐之意。那是我一直记得她的原因。

"你怎么会记得她？"母亲对我说，"假如她比你大那么多的话。因为感恩节的晚餐吗？"

"你怎么会记得她呢？"我对母亲说，"她出了什么事？你又是怎么知道的？"

"噢。"母亲发出一声重重的叹息，并摇了摇头，"前些日子，有个女的来图书馆——现在我有时会去汉斯顿的图书馆——这女人长得很像她，像玛丽莲。我说：'你长得很像我认识的一个人，她和我的孩子年纪差不多。'她没有接话，那——那教我很生气，你懂的。"

我的确懂。我从小到大都有那种感受。人们不愿正视我们的存在、与我们为友。"唉，妈，"我疲倦地说,"× 他们的。"

"× 他们的?"

"你明白我的意思。"

"我看你住在大城市里学到了不少东西。"

我对着天花板笑了笑。我不知道世上有谁会相信这段对话,但那千真万确。"妈,我不必为了学说脏话而搬到大城市来。"

一阵沉默,母亲仿佛在琢磨我的话。接着她说:"不必,你只需走到佩德森家的牲口棚,听他们的雇工讲话就行。"

"那些雇工讲的可远不止这种程度。"我告诉她。

"我猜也是。"母亲说。

此刻——在写下这一段时——我再度思索,当时我为什么没有直接问她呢?我为什么没有直接说,妈,我正是在那个该死的我们称作家的车库里,学会了所有我需要掌握的词?我想我什么也没说,因为这是我从小到大一贯的反应,以便在别人不知道自己出了糗时帮他们掩盖过失。我之所以这么做,我想是因为很多时候那个人可能就是我。即便现在,我仍隐约知道,我曾让自己出过糗,而且那总会唤起我在童年时的感受，那种对天下万物的认识存在着大片空白，并且永远不可能填补的感觉。可尽管如此，我还是会替别人着想，正如我能察觉到别人在替我着想一样。现在，我只能认为，那天我是在替母亲着想。换作别人，谁都会坐起身说，妈，你难道不记得吗？

我请教过专家，像那位和蔼的医生那样亲切友好的专家；不是刻薄之徒，比如那位在萨拉·佩恩被猫吓到跳起来时出言伤她的女子。他们的回答周全缜密，但几乎如出一辙：我不知道你母亲记得什么。我喜欢这些专家，因为他们给人正派的感觉，也因为我相信，现在我一听就知道什么是真话。他们不知道我的母亲记得什么。

我也不知道我的母亲记得什么。

"但那确实令我想起玛丽莲，"母亲继续用她伴有粗重呼吸的声音说，"于是那个星期晚些时候，当我碰见那谁时就打听，那人在——哦，你知道的，露露，那个地方——"

"查特温蛋糕铺。"

"正是，"母亲说，"对，那位仍在那儿工作的大姊——她什么都知道。"

"伊芙琳。"

"伊芙琳。于是我坐下来,点了一块蛋糕和一杯咖啡,我对她说:'你可知道,我想我前几天见到玛丽莲·某某了。'伊芙琳,我一向喜欢她——"

"我可喜欢她了。"我说。我没有讲我很喜欢她是因为她对我的表弟艾贝尔很好,对我很好,她看见我们在翻垃圾桶时从不讲一句话。母亲也没问我为什么很喜欢她。

母亲说:"喔,她停下擦柜台的活儿,对我说:'可怜的玛丽莲,嫁给了那个从卡莱尔来的查理·麦考利,我想他们目前仍住在附近,但她嫁给他,是早在他们上大学时,那家伙很聪明。所以自然,聪明的人立刻被他们挑走了。'"

"谁挑走了他们?"我问。

"哎呀,当然是我们肮脏、腐败的政府。"母亲回答。

我没有说话,只是仰望天花板。这是我生平的体验,获得最多政府福利——教育、食物、租房补贴——的人,也是最容易对整套执政理念挑剌的人。在一定程度上我理解这是为什么。

"他们挑玛丽莲聪明的丈夫去做什么?"我问。

"这个嘛,他们给了他官职,当然。在越战期间。我猜,他从事的必定是某些可怕的工作,伊芙琳告诉我,他再也不是以前的他了。这事发生得太早,他们结婚还没多久,真叫人伤心。真的,真叫人伤心。"母亲说。

我等了好一阵子,好一阵子,我等着,躺在那儿,心怦怦直跳,即便现在,我依然能记得那扑通扑通、剧烈的心跳声,以及想到素来被我暗自称作"那件事情"的事,我童年最骇人的回忆。我躺在那儿,心里怕得很,我怕母亲会提起旧事,在过去了这么多年后,在从未提过一句的情况下,最后我说:"那他出于这段经历做了什么?他对玛丽莲乱发脾气吗?"

"我不清楚。"母亲说。她的声音似乎陡然生出倦意:"我不清楚他做的是什么。也许今天有药可治。至少有了一个叫法。他们可不是第一批这样的人,受战争的创伤——管它怎么叫呢。"

回想起这一段,我记得是我开口,尽快扭转了话锋,尽快摆脱母亲也许会——也许不会——意识到的、她的话导向的地方。

"我真不忍想,有人会对玛丽莲乱发脾气。"我说,接着又加了一句,那位医生还没来查房。

"今天是周六。"母亲说。

"周六他也会来的。他一直如此。"

"他周六不上班,"母亲说,"他昨天对你讲,祝你周末愉快。在我听来,那不像他周六会来上班的语气。"

接着我开始感到害怕。我害怕她说得对。"哦,妈咪,"我说,"我太累了。我想要好起来。"

"你会好起来的,"她说,"我已清楚地预见到。你会好起来的,而且你的人生会遇到一些难题。但重要的是,你会好起来的。"

"你确定吗?"

"我确定。"

"什么样的难题?"我试图用一种半开玩笑的语气问出这句话,仿佛在表示,一点难题有什么大不了的?

"难题,"母亲沉默了一会儿,"和大多数人或一部分人遇到的一样。婚姻问题。你的孩子会一切安好。"

"你怎么知道?"

"我怎么知道？我不知道我是怎么知道的。我向来不知道我是怎么知道的。"

"我知道。"我说。

"你好好休息吧，露西。"

那是六月初，白昼很长。直至黄昏时窗外华灯初上，我们得以领略恢宏璀璨的都市夜景之际，我才听到病房门口传来声音。"美女们。"他说。

*

我们已在西村住了几年,我参加了人生第一次同性恋骄傲大游行,游行因在西村而意义非凡。这在情理之中。历史上,这儿发生过石墙事件[1],而后还爆发了艾滋病恐慌,许多人前来,列队在街的两旁,表示支持,同时也缅怀和悼念那些已故的人。我牵着克丽茜的手,威廉抱着贝卡。我们站在那儿,看踩着紫色高跟鞋、戴着假发的男人走过,有些人身穿连衣裙,后面跟着同行的母亲,还有各种在纽约此类活动上所能见到的场景。

威廉转身对我说:"露西,老天爷,搞什么鬼。"原因是他看到了我脸上的表情,我摇摇头,转身要回家,他跟我一起走,说:"喔,芭嘟,我记起来了。"

---

[1] 石墙事件发生于1969年6月,被认为是美国乃至世界现代同性恋权利运动的起点。

他是唯一听我讲过那件事的人。

那大概是在我哥哥上高中一年级时。他可能晚一年入学,也可能早一年入学,反正我们仍住在车库里,所以当时我应该是十岁左右。由于我的母亲替人做缝制衣服的活儿,她把多双样式不同的高跟鞋收在车库角落的篮筐里。那个篮筐可谓女人的另一个衣橱。里面还有胸罩、紧身褡和一副吊袜束腰带。我想那是给需要对衣服做些改动但前来时没有带合适内衣的女人用的;虽然对每个女人来说,穿这些东西很正常,但我的母亲懒得穿,除非有顾客上门时。

那天,薇姬尖叫着来学校操场找我,我甚至记不清那天是不是上学的日子,以及她为什么没和我在一起,我只记得她的尖叫和人们的围观及笑声。父亲开着我们家的卡车,沿镇中心的主街行驶,他冲我的哥哥大吼,哥哥正穿着一双很大的高跟鞋走在街上,我认出那是放在篮筐里的鞋,他在T恤衫外面穿了胸罩,戴了一串假的珍珠项链,他的脸上泪水涟涟。我的父亲驶在他旁边,从卡车里大骂他是个该死的娘娘腔,说应该把这昭告天下。我不敢相信眼前所见的,虽然我是老幺,但我抓起薇姬的手,领着她一路走回了家。母亲在家,她说,我们的哥哥被发现偷穿了她的衣服,那令人恶心,父亲要给他一个教训,她让薇姬别嚷嚷,于是我带薇姬去了屋外的玉米地,直至天黑我们开始惧怕黑夜胜过惧怕我们的家为止。至今我仍不确定这段回忆的真实性,但我想,我知道确有其事。我的意思是:那是真的。随便问一个认识我们的人即可。

西村游行的那天,我相信——但我不确定——威廉和我吵了一架。因为我记得他说:"芭嘟,你就是不明白,对吗?"他是指我不懂我可以得到别人的爱,我是讨人喜爱的。他每每在我们吵架时讲那句话。他是唯一喊我"芭嘟"的人,但不只他一人讲过另外半句话——你就是不明白,对吗?

萨拉·佩恩——她在嘱咐我们下笔时不要妄下论断的那天,提醒我们,我们从来不知道,也永远不可能知道,怎样才算充分彻底地了解另一个人。这个观点看似简单,但随着年纪渐长,我越来越体会到她告诉我们这一点的必要性。我们思考,我们总在思考，人身上的什么特质会使我们鄙视他，会使我们产生优越感。我想说，那天晚上——我记得的这个片段，是我无法用言语尽述的——父亲躺在黑暗中，挨着我的哥哥，抱住他，把他当作婴儿似的，在自己的腿上摇着他，我分不出谁在流泪，谁在喃喃低语。

＊

"埃尔维斯。"母亲说。那是夜间;病房里漆黑一片,只有从窗户照进的城市灯光。

"猫王埃尔维斯·普雷斯利吗?"

"你还听说过另一个埃尔维斯吗?"母亲反问。

"没有。你说'埃尔维斯。'"我等她接话,我说,"你怎么提起'埃尔维斯'来,妈?"

"他很有名。"

"是的。他太有名了,他死于他的名气。"

"他是死于毒品,露西。"

"但那多半是出于孤独,妈。他这么有名。试想一下:他哪里也不能去。"

良久,母亲不发一语。我有种感觉,她真的在思考我的话。她说:"我喜欢他早期的东西。你父亲认为他本人就是魔鬼,他后来那些愚蠢可笑的穿戴,但只要你听过他的声音，露西——"

"妈，我听过他的声音。我都不晓得你还知道埃尔维斯。妈，你什么时候听了埃尔维斯的歌？"

再度出现一阵许久的沉默，随后母亲说："呃——他不过是一个从图珀洛出来的小青年。一个出生在密西西比州图珀洛镇的穷孩子，他爱他的妈妈。他在低俗的人群中很受欢迎。喜欢他的都是那样的人，品位低俗。"她缓了一下接着说，她的声音第一次真正变成了我儿时听过的声音，"你父亲说得对。他就是一个一无是处的大渣滓。"

渣滓。

"他是一个已经死了的渣滓。"我说。

"是啊，没错。嗑药。"

终于，我说："我们都是渣滓。那是我们真正的本色。"

我的母亲，用我儿时熟悉的声音说："狼心狗肺的露西·巴顿。我大老远飞过来，不是想让你告诉我，我们是渣滓。我的祖先和你父亲的祖先，我们属于第一批来到这片土地上的人，露西·巴顿。我大老远飞过来，绝不是想让你告诉我，我们是渣滓。他们为人善良正直，他们在马萨诸塞州的普罗温斯敦上岸，他们靠打鱼为生，他们是拓荒者。我们在这片土地开荒拓野，后来，那些优秀勇敢的人搬到了中西部，然后有了我们，有了你。你可千万别忘本。"

我过了半晌才回过神说："我不会的。"接着我说："啊，对不起，妈。我错了。"

她沉默不语。我想我能觉出她的怒火，我也有几分感觉，她刚才说的这番话，会害我住院的时间变长；我是说，那是我身体上感觉到的。我想说，回家去吧。回家，告诉人们，我们不是渣滓，告诉人们，你的祖先来到这里，杀光了所有印第安人，妈！回家去，把一切全告诉他们。

也许我并没有想对她讲那番话。也许那只是我现在写下这段往事时心中所想的。

一个来自图珀洛的穷小子，他爱他的妈妈。一个来自阿姆加什的穷姑娘，她也爱她的妈妈。

*

和我母亲那天在医院说到埃尔维斯·普雷斯利时一样,我也用过"渣滓"这个词。那是与一位我出院后不久结交的好朋友在一起时——她是我一生所交的最知心的闺中密友,她告诉我,在我认识她以后,在我的母亲来医院探望我以后,她说,她和她的母亲会吵架,互相大打出手,我对她说:"那可真是渣滓。"

而她,我的这位朋友说:"是啊,我们是渣滓。"

我记得,她的话音里含有捍卫和愤怒之意;怎么可能没有呢?我从未告诉她我的感受,也没有告诉她,我那么说实在不对。我的朋友比我年长,她阅历比我丰富,她兴许知道——她从小入的也是基督教公理会——我们不会谈及此事。兴许她忘了。我相信她没有。

类似的还有：

在我刚获知我被大学录取后，我把一篇我写的故事拿给高中语文老师看。我已不大记得故事的内容，但我记得他圈出了"廉价"一词。那句话大约写的是："那位妇女穿了一条廉价的连衣裙。"别用那个词，他说，既不好也不准确。我不确定那是他的原话，但他圈出了那个词，温和地对我讲了一番话，大意是那样不友善或不好，对此，我始终铭记于心。

*

"嘿,露露。"我的母亲说。

那是清早。"甜心饼干"进来过,给我量了体温,问我要不要喝果汁。我说我愿意试一试果汁,然后她走了出去。虽然我心中有气,但还是睡了一觉。可我的母亲却满脸疲惫。她似乎不再生气,只是疲惫,更像来医院看我后她一贯的样子。"你记不记得,我讲过密西西比的玛丽?"

"不。噢,等一等。是给芒福德家生了一堆女儿的玛丽·芒福德吗?"

"对,正是,你记得没错!她嫁给了芒福德家的那小子。对,她生了一堆女儿。查特温蛋糕店的伊芙琳以前常讲起她,她们沾点亲。伊芙琳的丈夫和她是表亲,我记不得了。'密西西比的玛丽',伊芙琳这么称呼她。她一贫如洗。先前我们说到埃尔维斯,使我不免想起她来。她也是图珀洛人。但她的父亲举家搬到了伊利诺伊州——卡莱尔——她是在那儿长大的。我不知道他们为何搬到伊利诺伊州,但她的父亲在那儿的加油站工作。她没有一点南方口音。可怜的玛丽。她古灵精怪,她是啦啦队的队长,她嫁给了橄榄球队的队长,芒福德家的儿子,他有钱。"

我母亲的声音再度变得急促,像受到挤压似的。

"妈——"

她朝我挥手。"别打岔,露露,假如你想要好的故事素材的话。仔细听,把这原原本本地写下来。是这样,伊芙琳告诉我,当我在店里讲起——"

"玛丽莲·某某。"我们异口同声地说,母亲停顿,露出微笑。哦,我爱你,我的母亲!

"听着。话说密西西比的玛丽嫁给了这位富家子弟,生了——噢,我不清楚,五个还是六个女儿,我相信全是女孩。她待人和气,他们住在一片很大的庄园里,她的丈夫在那儿经营生意,我不知道具体是什么生意——她的丈夫会去外地出差,结果十三年来,他原来一直和他的秘书有染,那位秘书是个大胖子,真的很胖、很胖,玛丽最终发现真相,犯了心脏病。"

"她死了吗?"

"没有。应该没死,我相信。"母亲在椅子上往后一靠,她面容憔悴。

"妈。那可真悲惨。"

"当然悲惨啦!"

我们沉默了一会儿。然后母亲说:"我记得她,只是因为她——喔,这一切全是据她的远亲、查特温蛋糕店的伊芙琳所讲——她很喜欢埃尔维斯,她和他一样,也出生在那个烂地方。"

"妈。"

"怎么了,露西?"她转身,飞快地看了我一眼。

我说:"我很高兴有你在这里。"

母亲点点头,再度眺望窗外。"我常在想,这是多么匪夷所思。埃尔维斯和密西西比的玛丽,两人都从如此贫寒的出身,变得非常富有,但那似乎并未让他们得到一丁点幸福。"

"没有,当然没有。"我说。

*

我去过这座城市里富豪光顾的场所。有一处是一间诊所。一群妇女,和几个男人,坐在候诊室,等待那位医生为他们除去衰老或忧愁的容颜,或改掉他们长得像母亲的样貌。几年前,我去那儿,想使自己看起来不像我的母亲。那位医生说,几乎每个第一次前来的人都说,他们长得像他们的母亲,那不是他们想要的。我在自己的脸上还看到父亲的遗传。她——这位医生说,没问题,那个她也有办法解决。一般来说,人们不希望自己长得像母亲或父亲,经常是父母双方,她说,但主要是不希望自己像母亲。她在我嘴角的皱纹里植入微针。这下你变美了,她说。你有了自己的样貌。三日后来复诊,让我看看效果。

三天后,在候诊室,有一位年迈的妇人,她背上戴着一副支撑梏具,整个人几乎折成两半。她露出微笑的那张脸，经过治疗，年轻了不少。我认为她很勇敢。我的旁边坐着一个少年，大概上初中，还有他的姐姐，可能在等他们的母亲——我也不知道他们在等谁，但他们家境优渥。即使不是在这位医生的这间诊所里，你也能感觉到这一点。我望着那个少年和他的姐姐。他们提到打电话给皮普斯，女孩说，我只能打国内的号码，我这部手机不能打国际长途。男孩对此没有不悦；他提议发电子邮件给皮普斯，让皮普斯打电话给他们。接着，我观察到这个男孩在注视那位老太太，他饶有兴味地盯着她，可由于她身子弯得很低，对他而言，她自然成了异类。在他眼中她是如此老迈，我看得出来；我觉得我看得出来。我很喜欢这个男孩和他的姐姐。他们看上去健康、美丽、有教养。那位老太太缓慢地动身离去。她的手杖上绑了一条玫红色的丝带。

男孩忽地站起，为她开门。

这是一座了不起的城市。这一点，先前我已经讲过。

*

在医院的那晚,母亲陪我的最后一晚——她在医院待了五天——我想起我的哥哥。我记得我在学校旁的田地里遇见过一伙男生,当时我应该是六岁左右,我看到他们在打架,一伙男生在揍一个孩子。那个挨揍的孩子是我的哥哥。从他脸上的表情看,他仿佛被吓得不能动弹,事实上,他似乎的确没有动弹,他蜷缩着,任由这些男生揍他。对此,我见到的只是短短一瞬,因为我转身跑掉了。那晚在医院我还想到,哥哥没有参加越战,因为他抽了一个好签。在他尚不知晓时,我记得我听见夜里父母的对话,我听见父亲说:他若参军,必死无疑,我们不能让他去参军,部队生活对他而言将是噩梦。在那之后不久,我们得知哥哥抽了一个好签。我的父亲是爱他的!那晚我领悟到这一点。

随后我又记起：有一年劳动节，父亲带着我去离家约四十英里远的莫林，就只有我——我不知道为什么只有我和他；我的意思是，我不知道哥哥姐姐身在何处。也许他在那里有公务，虽然就算在本地，也难以想象他可能会有什么样的公务，更别提在莫林了，但我的确记得，我俩在那儿参加黑鹰节，观看印第安人跳舞。印第安妇女站成一圈，围着男人，她们只迈小步，男人则手舞足蹈。父亲似乎兴味盎然地观赏着跳舞和庆祝活动。现场有卖裹了糖壳的苹果，我一心想要一个。我从未吃过糖苹果。父亲给我买了一个。他这么做令我惊讶不已。我记得，我吃不了那个苹果，我细小的牙齿咬不破那层红色的硬壳，我感到孤立无助，他从我手中拿过那个苹果，把它吃了，可他的眉头皱了起来，我感觉给他添了麻烦。我不记得之后我看了那些跳舞的人，我记得我只盯着父亲的脸，于我，他的脸如此高高在上，我看见他的嘴唇被那个糖苹果染红，他吃，因为他不得不吃。在我的记忆里，我因这件事而爱他，他没有冲我咆哮，没有让我为自己咬不动那个苹果而感到愧疚，他从我手里拿过苹果，自己吃了，尽管他一点儿也不喜欢吃。

我还记得,他对观看的表演很感兴趣。他对此有兴趣。他怎么看待那些跳舞的印第安人?

在全城的灯光开始亮起来时,我突然说:"妈咪,你爱不爱我?"

母亲摇摇头,望着窗外的灯光。"露露,少来。"

"快点,妈,告诉我。"我开始笑出声,她也跟着笑出声来。

"露露,看在老天的分儿上。"

我坐起身,像小孩子似的拍手。"妈!你爱不爱我,你爱不爱我,你爱不爱我?"

她冲我一拂手,依旧望着窗外。"傻孩子,"她说,然后摇摇头,"你这个傻里傻气的孩子。"

我重新躺下,闭上眼睛。我说:"妈,我的眼睛闭上了。"

"露西,不许再闹。"我听出她话音中的笑意。

"快点,妈。我的眼睛闭上了。"

病房里静默了一会儿。我很开心。"妈?"我说。

"当你的眼睛闭上时。"她说。

"当我的眼睛闭上时,你爱我,对吗?"

"当你的眼睛闭上时。"她说。我们没有再玩下去，但我真的好开心——

萨拉·佩恩说，假如你的故事里存在薄弱之处，不要回避，在读者发现之前，正视它并设法改正。这是你树立作者权威的方式，她说，那是在某堂课上，每次上课时她都因教学而尽显疲惫之态。我觉得人们也许不理解我的母亲怎么就是讲不出"我爱你"这几个字。我觉得人们也许不理解，这没关系。

*

那是隔日——星期一,在医院,"甜心饼干"说我需要再照一次 X 光,一下就好,她说,他们会马上来推我过去。不到一个小时,我重返病房。母亲朝我摆手,我也一躺回病床就朝她摆手。"小意思。"我对她说。她说:"你是个勇敢的孩子,小露露。"她望着窗外,我也望着窗外。

我们想必还讲了些别的,我确信我们讲了。但随后,我的医生急匆匆地进来说:"我们恐怕得送你去做手术。你可能有梗塞,目前的情况,在我看来不妙。"

"不行,"我说着,坐起身,"做手术的话,我会死的。瞧,我已经瘦成什么样子了!"

我的医生说:"除了生病以外,你很健康,也很年轻。"

母亲站起来。"我该回去了。"她说。

"妈咪,不,你不能!"我哭喊道。

"不。我在这里已经待得够久了,是时候回去了。"

医生对我母亲的话没有反应。我只记得他坚决要我去做下一项检查,看我到底是否需要手术。后来我在医院又住了近五个星期,其间,他没有向我问起母亲,没问我是否想念她,没说过有她陪伴我想必很好之类的话。不,他只字未提。因此,我也没有告诉这位和蔼的医生,我想她想得有多苦,她的到来是——哦,就算我想说,大概也找不到可以描述的语言。所以我什么也没有说。

就这样,就在那天,我的母亲走了。她害怕,不知怎么叫出租车。我请一位护士帮她,但我知道,她一到第一大道,就没有护士能帮她了。两名男护理员已经把轮床推进我的病房,病床的栏杆放了下来。我教母亲怎么举起手臂,说"拉瓜迪亚机场",假装她常说这话。不过,我能想象出她的惶恐,我也感到惶恐。我想不起她有没有与我亲吻道别,但我无法想象她会那么做。在我的记忆中,母亲从未亲过我。也许她亲过我,也许我记错了。

*

我讲过，在我所写的那个年代，艾滋病是一件可怕的事。虽然现在依旧可怕，但人们已习以为常。习以为常并不好。可在我住院之时，它是新出现的疾病，尚无人知晓该如何控制病情，所以得了这种病的人，病房门上会贴一张黄色纸条，我仍记得那些纸条。黄色的，上面画了黑线。后来，我跟威廉去德国时，我想起医院里的那些黄纸条。它们没有明说"当心！"，但意思一样。那令我想起纳粹命令犹太人佩戴的黄色星章。

母亲走得如此之疾，我躺在轮床上被推走得如此之疾，以至当我被突然拉出宽敞的电梯，靠墙停在另一层楼的走廊里时，我很惊讶自己竟被扔在那里如此之久。可实际情况是：我被放在一个能望见走廊对面一间病房的地方，虚掩的病房门上贴着可怕的黄纸条，我看到病床上一个黑眼睛、黑头发的男人，我感觉他似乎在一刻不停地盯着我。他就快死了，我感到难过，我明白，那样死去是一种痛苦的死法。我害怕死，但我没有得他那种病，他不可能不知道这一点——若我得了那种病，他们不会像这样把我留在走廊里。从这名男子的眼神中，我感觉他在向我乞求些什么。我试图转开视线，不去打扰他，可每当我再度望向他时，他总是仍在盯着我。至今，我还是会时而想起躺在那张病床上的男子脸上那双黝黑的眼睛，它们凝神看着我，在我的记忆中，我把那目光里所包含的东西理解为绝望、乞求。自那以后，我陪伴过——随着我们年纪变老，那是必然的——临终的人，我已逐渐能识别出那灼烧的眼神，那即将熄灭的肉体的最后一线光。某种意义上说，那天的那名男子拉了我一把。他的眼睛在说：我不会把视线移开。我害怕他，害怕死亡，害怕我的母亲离我而去。可他的视线从未移开。

我没有再做手术。我的医生又一次说,他很抱歉,使我受了惊吓,可我只是摇摇头,让他知道我明白他作为医生对我的关爱,他只是一直在努力保全我的生命。每个星期五,他会重复我母亲听他讲过的话:"就这样吧,但愿你能度过一个愉快的周末。"而每到星期六和星期日,他都还是会现身,说他另有一位病人需要检查,因此顺道过来看看我的情况。他唯一没来的那天是父亲节。我真羡慕他的孩子啊!父亲节!当然,我从未见过他的孩子。我听说他的儿子后来当了医生——几年以后,我去他的诊所看病,谈话中说起我担心我的一个女儿没什么朋友——他给了我有益的建议,以他自己的一个女儿为例,说她现在拥有的朋友超过他其余的孩子,事实证明,这果然对我女儿很奏效。我的婚姻出现问题时——我简略地向他提过——这位和蔼的医生替我感到惊慌不安。我清楚记得我看出了那一点，也记得他没有什么建议可以给我。但在距今已过去那么久的那年春夏的九个星期里——九个星期少一天，少了父亲节那天——这个男人，这位和善可亲的为人父的医生，每天都来看我，有时一天两次。等我出院，账单寄来时，他只收了我五趟诊费。我要把这个也记下来。

*

我担心我的母亲。她没有打电话告诉我她是否到家了,而我病床旁的那部电话不能拨打国内长途。抑或,我只能打对方付费的电话,那表示,无论谁在我儿时的家里接起电话,都会被问及他是否愿意支付话费;接听付费电话就是这样。接线员会说:"你愿意支付露西·巴顿的来电费用吗?"我只用这个办法打过一次电话给他们,那是在我第二次怀孕时,我和威廉发生了些许口角,我不记得是怎么回事了。反正,我想念母亲,我想念父亲,我突然想念起年少时玉米地里那棵光秃秃的树,我想念这一切,想得如此之深、如此之苦,以至我推着小克丽茜的婴儿车,来到华盛顿广场公园旁的电话亭,拨打了我父母家的电话。接电话的人是我母亲,接线员说,电话那头是露西·巴顿,从纽约打来,问我母亲是否愿意支付费用，母亲说："不。请你转告那孩子，现在她手头有钱了，她可以自己花自己的钱。"我没等接线员向我重复这些话就把电话挂了。所以那晚在医院，我没有打电话给父母，看母亲是否已到家。但威廉从我们西村的家里打了电话给他们，是我叫他打的。他说到了，她已安全到家。

"她说了别的吗？"我问。我难过极了。真的，我难过得像个伤心的小孩，有时，小孩会非常伤心。

"唉，芭嘟，"我的丈夫说，"芭嘟，没有。"

*

第二个星期，我的朋友莫拉来看我。她就坐在我的床头边，感觉如此亲近，她说，你有妈妈来陪你，真好。我说，是的。她告诉我，她恨死她母亲了，又同我讲了一遍来龙去脉，仿佛以前没告诉过我似的，说她多么恨她的母亲。她生完孩子后，必须看精神科医生，因为她为每一样母亲没有给予她的东西而悲伤难过。那天，莫拉对我说了这一切，现在记下这件事时，我想起萨拉·佩恩在亚利桑那州写作课上讲过的一席话："你只可能有一个故事，你将把你唯一的故事写成许多版本。千万别为故事操心。你只有一个而已。"

我在莫拉讲话时朝她微笑，我很高兴见到她。最终，我向她问起我自己孩子的情况，我不在她们身边时，她们有没有显得特别悲伤？她说，她觉得克丽茜似乎更能理解这一切,她是姐姐,所以那应该在情理之中;克丽茜在门阶上和莫拉说了很久的话,克丽茜告诉她,妈咪生病了,但正在好起来。"你确实告诉了她,我正在好起来,对吗?"我说着,试图坐起身。莫拉说她告诉克丽茜了。这是我爱莫拉的原因,她关心我的宝贝克丽茜。我向她问起杰里米,他近况如何?

她说她没见过他,想必是搬走了。我告诉她,我的丈夫也那么说。

接着,莫拉聊到她在公园认识的其他母亲,有一个将要搬去郊区,另一个要搬去上城。

她告辞时,我精疲力竭,但我很高兴见到她。我感谢她来看我。她说那是应该的,她弯下身,亲了一下我的头。

*

我的丈夫来探视我。那估计是周末的一天,我想不出有别的可能。他似乎十分疲惫,没怎么讲话。他虽然长得人高马大,却和我并排紧巴巴地躺在那张床上,用手梳弄他亚麻色的头发。他打开挂在病床上方的电视机。他出钱让我住带电视机的病房,可因为我从小家里没有电视机,我觉得自己从来看不大懂电视节目。住院期间,我很少打开电视,因为我把电视和白天的病人联想在一起。每当我遵医嘱,推着那挂了输液袋的简易装置,到走廊走一走活动身体时,我总能看见大多数病人直愣愣地盯着房间里的电视机,那令我感到十分悲哀。不过我的丈夫打开了电视,他挨着我,躺在我的病床上。我想说说话,可他累了。我们就那样静静地躺着。

我的医生看见他,似乎吃了一惊。也许他并没有感到吃惊,只不过是我觉得他似乎有一点儿吃惊而已。他说了些这样真好、你们能像这般在一起之类的话,我记得我的脑中嗡嗡作响,我不知道为什么。直至后来才明白原因。

我确知我的丈夫不止那一天来探望过我,但我记得的就是那天,所以我把那天的事写下来。这不是在讲我的婚姻故事。我无法将那个故事诉诸文字:我无法掌握它或向任何人说明,那许多曾笼罩过我们的困境、纠葛和缕缕清新或阴湿的空气。不过我可以告诉你这一点:我母亲说得对,我的婚姻出现了问题。我的女儿分别十九岁和二十岁时,我离开了她们的父亲,现在我们各自有了新的婚姻。有时我觉得,我比和他还是夫妻时更加爱他,但爱往往想起来容易——我们不受彼此的束缚,现在没有,将来也永远不会。有时,他坐在书房桌前、女儿们在自己房间里玩耍的画面,如此清晰地出现在我脑海,以至我差点悲痛地喊出:我们过去是一家人啊!眼下我想到了手机,我们的联系方式如此便捷。我记得女儿们小时候,我对威廉说,我梦想有一样东西,每个人都能戴在手腕上,比如电话,那样我们就能随时互相通话,知道对方身在何处。

话说回来,他到医院看我但我们没怎么讲话的那天,估计正是他发现他父亲在瑞士银行的账户里留了不小一笔钱给他之际。他的祖父靠战争发了财,在瑞士银行存了不小一笔钱,如今威廉既已满三十五岁,那笔钱突然就是他的了。我是出院回家后获悉这件事的。这必定使威廉觉得不可思议,想一想钱的数目和包含的意味,他完全不是一个善于表达自己心情的人,所以他和我一起躺在病床上,那个我——诚如多年来我们半开玩笑所说的,或者只是我自己半开玩笑所说的——那个"从一无所有中来"的我。

第一次和我婆婆见面时,她令我大吃一惊。她住的房子给人感觉宽敞无比、设备完善,但经年累月,我逐渐发现实际并非如此,那不过是一栋舒适的房子,一栋舒适的中产阶级的房子。由于她的前夫是缅因州的农场主,而我以为缅因州的农场比我所知道的中西部的农场小,所以我把她想成了某个农场雇工妻子的形象,可她其实不是那副样子,她和颜悦色,五十五岁的她看上去并不比实际年龄苍老,她在温馨的家里翩然自得,一位嫁给了土木工程师的妇人。我第一次见到她时,她说:"露西,我们去逛街,给你买点衣服吧。"我没有生气,我没有一点被冒犯的感觉,只是有点惊讶——生平从未有人对我说过这样的话。我和她去了商店,她给我买了几件衣服。

在我们的小型婚宴上,她对她的一个朋友说:"这是露西。"她用近乎打趣的口吻补了一句:"从一无所有中来的露西。"我不生气,真的,现在我也一点不生气。但我想:这个世界上没有谁是从一无所有中来的。

还有一件事:我出院后常常做梦,梦见我和我的女儿们即将死于纳粹之手。即使现在,在这么多年以后,我仍记得那些梦。在一个看似更衣室的地方,我带着我的两个小女儿;她们年纪都很小。在梦里,我明白——我们全都明白,这间更衣室里还有别人——我们会被纳粹带走、杀害。起先,我们以为那个房间是毒气室,但后来明白那不是,纳粹会来把我们带去另一间房,那里才是毒气室。我唱歌给我的宝贝听,抱着她们,她们没有害怕。我让她们躲在角落,不和其他人接触。情况是这样的:我愿意从容赴死,但不想让我的孩子感到害怕。我深惧有人会把她们从我身边夺走,她们也许会被德国人收养,因为她们长得像雅利安小孩,有雅利安人血统。我不忍想到她们会遭受虐待,在梦里我有一种感觉,我知道她们可能会遭受虐待。这是最可怕的梦。再没有比这更可怕的。我不知道这个梦我做了多久,但当我住在纽约,过着富足生活,我的孩子健康成长之际,我仍不断梦到这样的场景。我没有告诉我的丈夫,我做了这样的梦。

*

我给母亲写了一封信,我说我爱她,感谢她来医院看望我。我说,我将永远不会忘记她的那番举动。她给我的回信是一张明信片,上面印着夜晚的克莱斯勒大厦。她是在伊利诺伊州阿姆加什小镇的什么地方买到那张明信片的,我猜不出来,但她把它寄给我,上面写着"我也永远不会忘记",落款是"母"。我把那张明信片放在床头的电话机旁,时不时看一眼。我会拿起它,捧在手里,看着她的笔迹,那不再是我所熟悉的。如今,我仍保留着这张她寄给我的、印着夜晚的克莱斯勒大厦的明信片。

当我可以出院时,我的鞋子不合脚了。我未曾想到,体重的减少是各个身体部位的缩减,但确实如此——当然——我的鞋子穿在脚上过大了。他们给我一个塑料袋,用来装我的个人物品,我把那张明信片放在最下面。丈夫和我坐出租车回家,我记得,医院外的世界似乎明亮极了——明亮得吓人——我确实因此而感到害怕。回到家的第一晚,我的孩子想要和我一起睡,威廉说不行,但她们和我一起躺在床上,我的两个女儿。上帝啊,我真高兴见到我的孩子,她们长得这么大了。贝卡剪了一个乱七八糟的发型;她的头发里粘了口香糖,于是我们家的那位朋友,那位自己没有小孩、曾带她们到医院来看我的朋友,给她剪了头发。

杰里米。

我不知道他是同性恋。我不知道他生了病。不,我的丈夫说,他不像别的病人,丝毫看不出有那种病状。现在他走了——他死了——在我住院期间。我泪流不止,安静地流泪。我坐在前门台阶上,贝卡轻拍我的头,克丽茜时而挨着我坐下,伸出她细小的手臂抱住我,而后,两个女孩又在台阶上蹦上跳下。莫拉从旁边走过说,哎呀,你听说杰里米的事了吧。她说,真倒霉,这是降临在男人身上的厄运。女的也有,她补充道。我流着泪,她陪我坐着。

我常常——如此频繁地——想起医院里病房门上贴了黄纸条的那名男子,在我母亲离去的那日,我的轮床被停放在他病房外的走廊上。想起他看我的眼神,灼灼的目光阴沉、充满乞求、带着绝望。我无法把视线移开。那有可能是杰里米。我曾多次打算要去查一查,政府档案里肯定有记录,他死于哪一天、在什么地方。但我始终没去查过。

我回家时是夏天,我穿着无袖的连衣裙,我没意识到自己已经瘦得皮包骨头。但我发现,当我走在街上去给孩子们买吃的时,人们不无恐惧地看着我。我恼火他们用这样恐惧的眼神看着我。那和儿时在校车上,有人以为我会坐到他们旁边时看向我的眼神一样。

那些形容枯槁、骨瘦如柴的男人,仍不断从身旁走过。

*

我小的时候,我们家去的是公理会教堂。我们在教会遭人嫌弃的程度和在其他任何地方一样。连主日学校的老师也无视我们。一次,我上课迟到,没有座位了。老师说:"你就坐地上吧,露西。"感恩节,我们去教会的活动室,分到免费的感恩节晚餐。人们在那天对我们的态度会好一些。我母亲在医院提到的玛丽莲有时也在场,和她自己的母亲一起,她会负责分刀豆和肉卤给我们,把小圆面包连同盖着塑料纸的小黄油块放在桌上。我相信,甚至有人和我们同坐一张桌子,我不记得我们在那些感恩节的餐会上遭受过鄙夷。许多年来,威廉和我在感恩节时会去纽约的收容所,把我们带的食物发给大家。我一点不觉得那是在回馈。在我们去的收容所——即便不是规模庞大的,我们所带的火鸡或火腿似乎都会突然变得非常微小。

在纽约，我们馈送食物的对象不是公理会教友。他们通常不是白人，有时是精神病患，有一年威廉说："这事儿，我再也坚持不下去了。"我说那好吧，于是我也终止了这项举动。

可有人在挨冻啊！这是我不忍看到的啊！我在报上读到一篇文章，讲住在布朗克斯区的一对上了年纪的夫妇，缴不起供暖费，他们坐在厨房里，开着烤箱。每年，我都会捐钱，让一些人不至于挨冻。威廉也捐钱。可写下我捐钱让人们能有暖气这件事，令我感到心头不安。我的母亲会说，停止你无聊的吹嘘，狼心狗肺的露西·巴顿……

*

那位和蔼的医生说，我可能需要很久才能恢复体重，我记得他是对的，但我不记得这个"很久"是多久。我去他那里复查，起先每两周一次，后来一个月一次。我努力想让自己看起来漂亮些；我记得我会试好几套不同的衣服，照镜子，看那在他眼里会是什么模样。在他的诊所，候诊室里有人，检查室里有人，然后是他自己的办公室，形形色色的人体像被放在传送带上一样进出。我思忖，他见过多少人的屁股，那些屁股想必各有不同。有他在，我总是感觉放心，我感觉到他关注我的体重和方方面面的健康。有一天，我等着进他的办公室；我穿了一条蓝色的连衣裙和黑色裤袜，倚在他办公室门外的墙上。他正在与一位年迈的妇人讲话，她是精心打扮过的——这是我们的共同之处，为了见我们的医生，沐浴更衣、精心打扮。她说："我肠胃胀气，那真令人难堪。有什么办法吗？"

他同情地摇摇头。"那是顽疾。"他说。

多年来，我的女儿在遇到令她们为难的处境时，就会说"那是顽疾"——她们听我讲了太多遍这个故事。

我不确知最后一次去看这位医生是什么时候。我在出院后的几年里去过若干回，后来有一次我打电话预约，他们说他退休了，他的同事可以替我看诊。我真想写一封信给他，告诉他他对我的意义，可惜当时我的人生遇到了挫折，我精神涣散。我没有写信给他。我再也没有见过他。他就那样消失了，这位最可亲可爱的男士，这位很久以前我住院时的心灵友伴，不知去了哪里。这也是一个发生在纽约的故事。

*

我在上萨拉·佩恩的写作课时,一位其他班的学生来看她。那是在下课时,人们偶尔会留下与萨拉攀谈,这位隔壁班的学生进来说:"我非常喜欢你的作品。"萨拉说谢谢,然后坐在桌旁,开始收拾她的东西。"我喜欢那篇写新罕布什尔州的。"这位学生说,萨拉闪过一笑,领首。这位学生一边朝门走去,仿佛要追随萨拉走出教室似的,一边说:"我以前认识一个从新罕布什尔州来的人。"

在我看来,萨拉露出困惑的表情。"是吗?"她说。

"是的,贾妮·坦佩尔顿。你不认识贾妮·坦佩尔顿,对吧?"

"不认识。"

"她的父亲是飞行员,在航空公司工作。是从前的泛美航空或哪家公司,"这位年纪不轻的学生说,

"贾妮的父亲有过一次精神崩溃。他一边绕着他们家的房子走一边自慰。那是后来有人告诉我的,说贾妮看到了这一幕——大概是她上高中时,我不清楚,反正,她的父亲做出了一边绕着房子走一边无法克制地自慰的事。"

我在亚利桑那州的热浪中打起冷战。我浑身鸡皮疙瘩。

萨拉·佩恩站了起来。"希望他不是经常驾驶飞机。好了,就这样吧。"她看到我,朝我点点头。"明天见。"她说。

以前我从未听说过,此后我也再未听说过这样的"事情"——用我自己私下的叫法——这与发生在我们家的一样。

我想那是在第二天,萨拉·佩恩向我们讲授,下笔时要怀着上帝般开阔的心胸。

后来,在我的第一本书出版后,我去看医生,那位医生是我至今遇到过的最善解人意的女士。我在一张纸上写下那位学生说的话,关于那个来自新罕布什尔州、名叫贾妮·坦佩尔顿的人。我写下我小时候家里发生的事。我写下我在自己的婚姻里发现的事。我写下我说不出口的事。她一一读了,然后说,谢谢你,露西。一切都会好的。

*

  自母亲来医院探望我后,我只见过她一次。中间隔了将近九年。我为什么不去看她?为什么不去看我的父亲和哥哥姐姐?为什么不去看我素未谋面的外甥和外甥女?简单地说——我认为不去更省心。我的丈夫不会陪我去,我不怪他。并且——我知道这么说是在为自己辩解——我的父母、我的姐姐、我的哥哥既没写信也没打电话给我,而在我打电话给他们时,他们总是语气生硬;我感觉我从他们的话音中听出了怒意,一种骨子里的怨恨,仿佛在无声地表示,你和我们不是一类人,仿佛我因离开而背叛了他们。我想也许是这样。我的孩子尚未成年,她们时刻需要人照料。我一天中用来写作的两三个小时,对我至关重要。再者,我的第一本书即将出版。

可是母亲病了，如此一来，我成了去芝加哥她的病房、坐在她床尾的那个人。我想给予她以前她给予我的——在她陪我住院的那些日子里——那种不眠不休的关心。

当我走出医院的电梯时，父亲上前迎接我，若不是我从他的眼中看出了那份感激——感激我来帮他，我根本认不出这个陌生人是谁。我从未想过他看上去会如此苍老，我心中的——或他心中的——任何怒火似乎都不再和我们有关联。我一生中大多数时候对他有过的厌恶荡然无存。他是一个老翁，他的妻子在医院快要死了。"爸爸。"我喊道，眼睛盯着他。他穿了一件皱巴巴、有领子的衬衫和牛仔裤。我相信刚一见面时他太害羞，不敢拥抱我，所以我主动拥抱他，想象他温暖的手按在我的后脑勺上。可那天在医院，事实上，他并没有伸手盖住我的后脑勺，我心中——心底深处——隐约听见了那声低喃："过去了。"

母亲病痛缠身，她快要死了。这似乎不是一件我能相信的事。那时，我的孩子已经十几岁，我尤其担心克丽茜，担心她会抽太多大麻。所以我频繁地和她们通电话，第二天晚上，当我坐在离母亲不远的地方时,她轻声对我说:"露西,我需要你做一件事。"

我站起,朝她走去。"好的,"我说,"你讲。"

"我要你走。"她平静地说出这句话,我能听出她的话音里不含怒意。我能听出她的坚决。但讲真的,我一时惊慌失措。

我想说:假如我走,我将永远也见不到你了。虽然现实对我们一直很残酷,但不要赶我走,我受不了和你永别!

我说:"行,妈。行。明天行吗?"

她看着我,眼中涌满泪水。她的嘴唇抽动了一下。她低语:"就现在,走吧。亲爱的,求你了。"

"哦,妈咪——"

她低语:"露露,求你了。"

"我会想你的。"我说,但我已经哭出声,我知道那是她不能容忍的,我听见她说:"嗯,你会的。"

我弯腰,亲了一下她的头发,那因生病和卧床而失去光泽的头发。接着我转身拿起我的东西,我没有回头,但在走出病房门的那一刻,我无法继续向前迈步。我后退了几步,没有转身。"妈咪,我爱你!"我大声说。虽然我面对着走廊，但她的床离我咫尺，她应该能听见我的话，我确信。我等待着。没有回应，没有声响。我告诉自己，她听见我的话了。无数次，我告诉自己，我一直这样告诉自己。

当即，我走到护士工作站。我恳求着说，请不要让她受苦，他们答应我不会让她受苦。我不相信他们的话。我刚刚割除阑尾时，病房里住着一位奄奄一息的妇人，那位妇人一直痛苦难忍。拜托了，我恳求这些护士，但我在他们眼里看到了最无奈的疲惫，他们能做的都已经做了。

候诊室里坐着我的父亲，看见我的泪水时，他飞快地摇头。我坐在他身旁，低声重复母亲的话，说她要我走。"什么时候举行葬礼？"我问，"唉，求求你，告诉我是什么时候，爸爸，我会立刻回来的。"

他说不会举行葬礼。

我理解。我觉得我理解。"不过，大家还是会来悼念的，"我说，"那些找她做过裁缝的人，大家会来悼念。"

我的父亲摇摇头。不办葬礼，他说。

所以她没有葬礼。

他也没有，第二年，在他得肺炎去世后；他不肯让我哥哥带他去看医生。我在他临终时飞去看他，住在我许多年未曾见过的那间屋子里。那里令我恐惧，那间屋子，那里面的气味和狭小的空间，还有父亲病重、母亲已逝的事实。已逝！"爸爸，"我坐在他的床边说，"爸爸，哎，爸爸，对不起。"我说了一遍又一遍："爸爸，爸爸，真对不起。对不起，爸爸。"他紧抓着我的手，他的眼睛濡湿了，他的皮肤薄如蝉翼，他说："露西，你一直是个乖女儿。你一直是个多么乖的女儿啊。"我很肯定他这话是对我讲的。我相信，虽然我不确定，当时我的姐姐离开了房间。那晚，父亲死了，或更确切地说，是第二日凌晨，三点钟。只有我陪着他，当我听见那突来的寂静时，我站起，看着他，说："爸爸，别走！别走，爸爸！"

见过我的父亲——前一年还有母亲——最后一面后，当我再回到纽约时，我眼中的世界开始变得不同。我的丈夫好像一个陌生人，我处于青春期的孩子们，似乎对我身边的许多事都不感兴趣。我彻底迷惘了。我忍不住感到惊慌，仿佛我们巴顿家的五个人——虽然我们向来不正常——是一个主宰着我的体系，直到体系终结时我才意识到它的存在。我不停地想起我的哥哥姐姐，想起父亲过世时他们脸上的困惑。我不停地想起我们五人曾经是多么不正常的一家人，但那一刻我也看出，我们的根如此固着地缠绕在彼此的心上。我的丈夫说："可你甚至对他们毫无好感。"经他那么一说，我感到格外惶恐。

我的书受到好评，突然间，我必须出远门了。人们说，多么疯狂——就这样一夕成名！我上了一个全国性的早间新闻节目。宣发人员说，要表现出愉悦的样子。你是这些穿戴齐整的职业女性想成为的样子，所以参加那个节目时要表现出愉悦。我始终中意那位宣发人员。她经验老到。那档新闻节目是在纽约录制的，我没有人们想的那么怯场。恐惧这东西，是一件难以捉摸的事。我坐在椅子上，麦克风别在外套的翻领上，我望着窗外，看见一辆黄色出租车。我想，我在纽约，我爱纽约，这是我的家。可当我去别的城市时——那是我的任务——我几乎无时无刻不胆战心惊。酒店房间是一处寂寞之所。上帝啊，那真是一处寂寞之所。

这一切恰发生在电子邮件成为人们普遍的通信方式以前。我的书问世后，我收到人们的许多来信，告诉我那本书对他们的意义。我收到一封信，是我年轻时认识的那位艺术家写来的，他告诉我，他有多么喜欢那本书。收到的每一封信，我都做了回复，但他的，我没有回。

克丽茜离家上大学，紧接着第二年是贝卡，我以为——不是口头说说，我讲的是事实——我真以为我会活不下去。从没有什么能让我对这类事做好准备。如今，我总在实际生活中见到这样的例子：有些女性对此感到撕心裂肺的痛，而其他女性觉得让孩子离家如释重负。那位把我的容颜改得不像我母亲的医生问我，女儿上大学后，我要做些什么。我说："我的婚姻结束了。"我赶紧补充道："但你的不会。"她说："不一定。不一定。"

*

离开威廉时,我没有接受他主动给我的钱和法律规定属于我的钱。事实上,我不觉得那是我应得的。我只希望我的女儿衣食无忧,这一点我们很快就谈妥了,她们会衣食无忧。另外,那些钱的来路也让我感到不安。我忍不住想起那个词:纳粹。就我自己而言,我不在乎有没有钱。而且我已经赚了钱——什么样的作者能赚钱啊?反正我赚了钱,并且赚得越来越多,因此我认为我没理由拿威廉的钱。不过,当我说"就我自己而言,我不在乎"时,我的意思是:我从小到大,一贫如洗——唯独头脑里的东西算是我自己的财富——所以我的需求不多。换作别人,在我这样的环境里长大,估计会索要更多,但我不在乎——我说我不在乎——然而我很幸运,恰好凭写书赚了钱。我想起母亲在医院说的话,钱没有帮到埃尔维斯和密西西比的玛丽，但我明白钱的重要性，在婚姻里，在人生中，钱是权力，我太清楚这个道理。不论我说什么，或别人怎么说，钱都是权力。

这里讲的不是我婚姻的故事；我说过，我无法将我的婚姻故事诉诸笔端，但有时我会思索第一任丈夫知道些什么。我嫁给威廉时二十岁。我想为他下厨。我买了一本有精致食谱的杂志，并四处采购原料。一天傍晚，威廉经过厨房，朝灶台上煎锅里的东西看了一眼，接着他折返，又走进厨房。"芭嘟，"他说，"这是什么？"我说是大蒜。我说食谱上要求把一瓣大蒜用橄榄油煸炒。他耐心委婉地解释，这是一头蒜，需要将它去皮，掰成一瓣一瓣。此刻，我的脑中能勾画出那一整头没有去皮的大蒜——清楚地置于倒了橄榄油的煎锅中央。

女儿一出世，我便停止了在厨艺上下功夫。偶尔，我会做一只鸡，给他们弄点胡萝卜之类的黄色根菜，但说实话，食物对我从来没有很强的吸引力，不像它对这座城市里的许多人那样。我丈夫现在的妻子喜爱下厨。我是说，我的前任丈夫。他的妻子喜爱下厨。

*

我的现任丈夫在芝加哥郊外长大。他从小家境贫寒,他们有时冷得要在屋里穿大衣。他的母亲屡次住进精神病院。"她是疯子,"我的丈夫告诉我,"在我看来,她不爱我们中的任何一人。我相信她没有能力去爱。"上四年级时,他拉了一下朋友的大提琴,自此,他在这方面表现出卓越的才华。成年以后,我的丈夫一直以拉大提琴为业,他在这里的市交响乐团演奏。他的笑声洪亮、开怀。

不管我做什么吃的,他都满意。

*

话说回来,我还想讲一件有关威廉的事:在我们结婚后的头几年,他带我去看洋基队的比赛;当然,那是在老体育场。他带我——有几次也带上孩子——去看洋基队打球,我惊讶于他在花钱买票时毫不手软,我惊讶于他说,去吧,买一个热狗和一瓶啤酒。我本不该惊讶的,威廉出手大方;我明白,我的惊讶来自父亲给我买糖苹果时的情景。不过,洋基队的那些比赛令我叹为观止,那份叹服我至今仍记得。此前,我对棒球一窍不通。我没怎么关注过芝加哥白袜队,只是对他们有几分忠实的拥护,但看过洋基队的这些比赛后,我只爱洋基队了。

那片棒球场啊!我记得我为之惊异,我记得观看那些球员击球、奔跑,看那些出来平整泥土的男子,我印象最深的是看着夕阳西下,照在附近的大楼上,布朗克斯区的大楼，太阳会照在这些大楼上，接着，各种城市灯光会亮起，那是美好的事物。我想说的是，我有种获得新生的感觉。

许多年过去，在离开威廉以后，我会沿七十二街朝东河走去，那样可以直接走到河边，我会抬头遥望河的上游，回想很久以前我们去看过的棒球赛，体会到一种幸福感，一种我在回忆婚姻中其他往事时不可能有的幸福感；我想说的是，快乐的回忆令我心痛。但回忆起洋基队的那些比赛却不然，它们使我的心中溢满对前夫和纽约的爱。时至今日，我仍是洋基队的球迷，但我永远不会再去看比赛了，我知道。那是一段不同于现在的人生。

*

　　我想起杰里米和我说的,要当作家,我必须毫不留情。我想,我不去探望哥哥姐姐和父母,是因为我一直在写一个短篇,时间总是不够。(但我自己也不想去。)时间总是不够,再后来,我明白了,假如我继续维持那段婚姻的话,我将写不出下一本书,写不出我想写的那种书,所以我离了婚。但其实我认为,毫不留情的真正意思在于,牢牢把握自己,也就是说:我就是这样,不会去我不能忍受的地方——去伊利诺伊州的阿姆加什,不会维持一段我不想维持的婚姻。我要握紧自己,在人生的路上用力向前冲,即使像没头苍蝇一般,我也要走下去!这才是毫不留情,我想。

　　那天,我的母亲在医院对我讲,我不像哥哥和姐姐:"瞧你眼下的生活。你义无反顾地前行,并且……成功了。"也许她的意思是,我早已是个毫不留情的人。也许那是她真正想说的,但我不确知母亲到底想说什么。

*

　　哥哥和我每周通一次电话。他一直住在我们从小住的那间屋子里。和父亲一样，他也做农机方面的工作，但他似乎没被解雇过，也不像我父亲那样性情暴躁。我从未向他提及他和待宰的猪睡在一起的事。我从未问过他是不是仍在读小孩子的书，那些讲大草原上的人的故事。我不知道他有没有女朋友或男朋友。我对他几乎一无所知。但他客气地同我讲话，只是他一次也没问过我孩子的情况。我问过他对母亲的童年了解多少，她是不是常常觉得自己身处危境。他说他不知道。我告诉他母亲在医院坐着打盹的事，他又说了一遍，他不知道。

　　当我和姐姐通电话时，她气冲冲的，抱怨她的丈夫。他不帮忙打扫卫生、做饭或照看小孩。他不放下马桶座圈,这件事她每次都提。他自私自利,她说。她缺钱。我出钱资助她,每隔几个月,她寄一张清单给我,列出她需要为孩子们准备的东西,尽管其中三个孩子已经搬出去了。最后一次,她的单子上写着"瑜伽课"。我惊讶于她居住的那座丁点儿大的小镇上还有人开设瑜伽课,我惊讶于她——也可能是她的女儿——还会报名参加那些课,不过,她每次寄单子给我,我都照数给她钱。我私下里对瑜伽课深恶痛绝。但我认为,她觉得那些钱是我欠她的,而我想她也许是对的。有时我不禁会好奇,她嫁的是个什么样的男人,他为什么就是不把马桶座圈放下来?因为愤怒,我那位善解人意的女医生说,然后耸耸肩。

*

上大学时,我的室友有一位待她不好的母亲;她们的感情不怎么深。但有一年秋天,这位母亲寄给我的室友一包乳酪,我们俩都不喜欢乳酪,可我的室友不忍将它丢弃,甚至舍不得送人。"你介意吗?"她问,"假如我们想办法留着这个?我的意思是,这是我母亲给我的。"我说我理解。她把那块乳酪放在窗台外面,一直放在那儿,最终上面落了雪,我们俩都忘了这回事,到了春天,那块乳酪还在。最终,她叫我趁她上课时把乳酪处理掉,我照办了。

*

容我说一说布鲁明戴尔百货公司：我时而会想起那位艺术家，因为他得意于在那儿买的衬衫，我记得我曾认为那是他肤浅的表现。但多年来，我的女儿和我一直光顾这家百货公司；在七楼的餐饮柜台，我们有自己最喜欢的位置。女儿和我首先会去餐饮柜台吃冻酸奶，然后嘲笑我们的肚子，说那真疼，接着我们四处乱逛——如此漫无目的——鞋子区、少女区。几乎每次，她们要什么我就给她们买什么，她们小心、懂事，绝不得寸进尺——她们乖极了。有几年，她们不肯跟我去，她们赌气。我从没独自去过布鲁明戴尔百货公司。时光流逝，如今她们进城时，我们会再去那里。当我想起那位艺术家时，我是怀着眷恋的，我希望他的人生顺遂如意。

至于布鲁明戴尔百货公司——从诸多意义上

讲——那是我们的家,女儿和我的家。

布鲁明戴尔百货公司是我们的家,原因在于:自我离开我的孩子从小成长的那个家以后,我每搬到一间公寓,都会确保留有一间卧室,让她们可以来住,但她们谁都没有来过,不管是现在还是以前。凯西·奈斯利也许和我一样,我无从得知。但我认识其他母亲,她们的孩子不去探望她们,我从来不怪责那些孩子,我也不怪责我自己的孩子,尽管这令我心碎。"我的继母",我听过女儿这样说。只需讲"我父亲的妻子"即可,但她们用的是"我的继母"或"我的后妈"。我想说,在我住院时,她并没替你们清洗小脸蛋,她连你们的头发都没梳,你们两个可怜的家伙,来看我时像小叫花子似的,我的心都碎了,没有人照顾你们呀!但我没有说出口,我也不应该说。毕竟,离开她们父亲的人是我,虽然当时我确实认为,我离开的只是他而已。但那样想其实傻得可笑,因为我同样离开了我的女儿,离开了她们的家。我把想法藏在心里,或讲给我丈夫以外的人听。我容易分心,我分了心。

*

那些年里我女儿的怒火啊!有些往事,我试图忘记,但我永远忘不了。我担心她们永远忘不了的事情。

*

　　我的女儿中，心肠较软的是贝卡，她在那段时间对我说："妈，你写小说时可以修改重写，但当你和一个人共同生活了二十年后，那就是一本小说，你绝不可能和谁再把那本小说重写一遍！"

　　她是怎么明白这个道理的，我亲爱的宝贝？她还这么小，却明白这个道理。当她告诉我时，我看着她。我说："你讲得对。"

*

某一年夏末的一天，我在她们父亲的住处。他去上班了，我去那里探视贝卡，当时她仍一如既往地与他同住。他尚未与那个带我们的女儿来医院、自己没有小孩的女人结婚。我去街角的商店——那是早晨——从柜台上方的小电视机里看到一架飞机撞了世贸中心。我飞快返回公寓，打开电视，贝卡坐着看电视，我走进厨房，放下我买的所有东西，我听见贝卡哭喊道："妈咪！"第二架飞机撞向了第二幢大楼，当我应她的哭声跑过去时，她的表情如此伤悲：我对那一刻念念不忘。我想：这是她童年的结束。死亡，烟雾，弥漫在全城和全国的恐惧。自那以后，还发生了许多骇事，私下想起那天时，我的脑中只有女儿。无论是从前还是后来，我都没听过她发出那样特别的哭喊。妈咪。

有时，我会想起萨拉·佩恩，我在服装店偶遇她的那天，她几乎说不出口自己的名字。我不晓得她是否还住在纽约，她没有再写过新书。我对她的人生一无所知，但我想，教书耗去了她不少精力。我思索她言及的那个事实，我们全都只有一个故事，而我想，我并不知道她过去或现在的故事是什么。我喜欢她写的书，可我无法忽略，她对有些事避而不谈。

*

现如今,当我一个人在公寓时,并非常常,但我偶尔会温柔地大声说:"妈咪!"我不知道那是怎么回事——我是在呼唤自己的母亲,还是听到了那天贝卡向我发出的哭喊——当她看见第二架飞机撞向第二幢大楼时。两者皆有,我想。

这就是我的故事。

而这也是许多人的故事。这是莫拉的故事、是我大学室友的故事,这也许是奈斯利家几位小美人儿的故事。妈咪。妈!

但这个故事讲的是我。我的那一个故事。我叫露西·巴顿。

*

不久前,克丽茜讲到我的现任丈夫。"我很喜欢他,妈,但我希望他在睡梦中死去,然后我的后妈也死了,这样你和爸爸就会复合。"我亲了一下她的头顶。我想:我亲了我的孩子。

我是否明白,那会伤及我孩子的感受?我想我明白,虽然她们可能有不同的看法。但我想,我十分清楚小孩子闷在心头的痛,那份痛会陪伴我们终生,其中包含的渴望如此巨大,让人哭都哭不出来。在每一次心跳的搏动中,我们抓着那份痛不放,就是不放:这是我的,这是我的,这是我的。

*

现在，有的时候我会想起秋天，我们小屋周围农田里日落的情景。可以看到地平线，完整一圈的地平线，假如你转身，太阳会落在你身后，前方的天空变得粉红柔美，接着又微微转蓝，仿佛沉浸在自己的美丽中无法自拔，继而，离落日最近的土地会转暗，近乎漆黑，映在橘色的地平线上，但倘若你转回头，依旧可以看见那片土地，如此柔美，零星几棵树，覆盖着庄稼的寂静田野已经翻过土，天光犹在，犹在，然后终于暗下去。仿佛灵魂可以在那时刻安宁几许。

一切生命，对我来说都是奇迹。

致 谢

作者希望感谢以下诸位对本书的帮助:吉姆·蒂尔尼、扎里安·谢伊、明娜·法尔、苏珊·卡米尔、莫利·弗里德里希、露西·卡森、伯格里亚斯科基金会和本杰明·德雷尔。